독일 명시 선집

# 먼저 피는 장미들이
# 잠을 깬다

독일 명시 선집

# 먼저 피는 장미들이 잠을 깬다

초판 인쇄 · 2021년 9월 24일
초판 발행 · 2021년 9월 30일

지은이 · 괴테 외
옮긴이 · 송영택
펴낸이 · 한봉숙
펴낸곳 · 푸른사상사

편집 · 지순이 | 교정 · 김수란
등록 · 1999년 7월 8일 제2-2876호
주소 · 경기도 파주시 회동길 337-16 푸른사상사
대표전화 · 031) 955-9111(2) | 팩시밀리 · 031) 955-9114
이메일 · prun21c@hanmail.net
홈페이지 · http://www.prun21c.com

ISBN 979-11-308-1824-5   03850
값 15,500원

요한 볼프강 폰 괴테

프리드리히 빌헬름 니체

리하르트 데멜

테오도어 도이플러

엘제 라스커-쉴러

라이너 마리아 릴케

테오도어 슈토름

요제프 폰 아이헨도르프

게오르크 트라클

하인리히 하이네

헤르만 헤세

독일 명시 선집

# 먼저 피는 장미들이
# 잠을 깬다

송영택 옮김

푸른사상
PRUNSASANG

## 옮긴이의 말

　다른 나라의 시(詩)를 우리말로 옮긴다는 것은, 아시다시피 불가능한 일입니다. 그들의 어법과 우리의 어법이 서로 다르고, 그들의 말이 가지고 있는 리듬과 우리말의 리듬이 다릅니다. 그리고 그들의 시작법(詩作法)과 우리의 시작법이 아주 다르기 때문입니다. 그래서 시의 번역을, 부정적으로는 '반역'이라고 하고, 긍정적으로는 '하나의 해석' 또는 '또 다른 창작'이라고들 합니다.

　저의 나이가 여든아홉이 되었습니다. 그런데 서너 해 전까지 틈틈이 독일의 시를 번역해온 것은, 시의 번역은 '반역'이 아니라, 또 하나의 '창작 행위'라고 여기고 있기 때문입니다. 그리고 원시(原詩)의 아름다움을 조금이나마 읽는 이에게 전하고 싶은 욕심 때문이기도 합니다. 저는. 우리말로 번역한 시는 무엇보다도 완벽한 우리 시가 되어 있어야 한다고 고집하고 있습니다.

2021년 9월
송영택

옮긴이의 말 • 005


## 요한 볼프강 폰 괴테

내가 너를 사랑하는지 • 015   산 위에서 • 016

가을에 • 017   나그네의 밤 노래 1 • 018

나그네의 밤 노래 2 • 019   고독에 몸을 맡기는 사람은 • 020

눈물과 함께 빵을 • 021

슈타인 부인에게 보내는 편지에서 • 022

그리움을 아는 사람만이 • 024

사람의 일생 • 025   바다의 고요 • 026

운이 좋은 항해 • 027   문간마다 가만가만 다가가서 • 028

사랑하는 사람을 가까이에서 • 029   꽃 인사 • 030

3월 • 031   이른 아침, 옅은 안개 속에서 • 032

장미의 계절 • 033


## 프리드리히 빌헬름 니체

별의 규범 • 037   날이 차츰 저물어간다 • 038

가장 고독한 사람 • 039   베네치아 • 040

물결은 한자리에 멎지 않는다 • 041   이 사람을 보라 • 042

방랑자와 그의 그림자 • 043   거나하게 취한 노래 • 044

부탁 • 045   나의 행복 • 046   나의 장미 • 047

격언의 말은 • 048   방랑자 • 049   시새움 없이 • 050
갖가지 법칙에 맞서서 • 051   소나무와 번갯불 • 052
몰락 • 053   아침은 지나가고 • 054


리하르트 데멜

싱싱한 배나무 밑에서 • 059   저녁녘의 소리 • 060
수많은 밤 • 061   환한 밤 • 062   우러러보다 • 064
조용한 행보 • 065   멈추지 않고 • 066   이상적인 풍경 • 067
밤이 되기 전의 노래 • 068   청명한 날 • 069
비가 온 후에 • 070   말 없는 표시 • 071   비밀 • 072
비유 • 073   고요한 마을 • 074   한여름의 노래 • 075


테오도어 도이플러

황혼 • 079   적적(寂寂) • 080   겨울 • 082   자주 • 083


엘제 라스커-실러

기도 • 087   화해 • 088   이별 • 090
나의 어머니 • 091   노래 하나 • 092

## 라이너 마리아 릴케

사랑이 어떻게 너에게로 왔는가 • 097

어느 봄날에선가 꿈에선가 • 098

먼저 피는 장미들이 잠을 깬다 • 099

당신을 찾는 사람은 • 100

내가 거기서 태어난 어둠이여 • 101    고독 • 102

가을날 • 103    가을의 마지막 • 104    가을 • 105

엄숙한 시간 • 106    사랑의 노래 • 107    이별 • 108

장미의 내부 • 109    봄바람 • 110

기념비를 세우지 말라 • 111    세계가 어느새 • 112

아 이것은 존재하지 않는 짐승이다 • 113

장미여 • 114    눈물 항아리 • 115

내가 과실을 그린 것은 • 116

장미여, 아 순수한 모순이여 • 117

## 테오도어 슈토름

만남 • 121    사랑의 품에 안긴 적이 있는 사람은 • 122

저녁에 • 123    내 눈을 가려라 • 124

새파란 나뭇잎 하나 • 125    하는 일 없이 • 126

오늘, 오늘만은 • 127   도시 • 128   3월 • 129
4월 • 130   7월 • 131   잠 못 이루는 밤에 • 132
중병을 앓고 있을 때 • 133


요제프 폰 아이헨도르프

봄밤 • 137   밤의 꽃 • 138   타향에서 • 139
세상을 등진 사람 • 140


게오르크 트라클

저녁녘에 나의 마음은 • 145
오래된 기념첩에 적어 넣다 • 146   잠 • 147
고향에 돌아오다 • 148   초저녁 • 150   가을에 • 151
여름의 종말 • 152   어둠 속에서 • 154   공원에서 • 155
몰락 • 156   밤에 • 157   늦 가에서 • 158   봄에 • 159
마음의 황혼 • 160   태양 • 161   여름 • 162   롱델 • 164
겨울 저녁 • 165   고독한 자의 가을 • 166   저녁의 노래 • 167
몰락 • 168   고요와 침묵 • 169   깊은 곳에서 • 170

## 하인리히 하이네

온갖 꽃이 피어나는 • 175    흐르는 이 눈물은 • 176

별들은 저 높은 하늘에서 • 177

먼 북쪽의 민둥산 위에 • 178    나의 커다란 고통으로 • 179

어떤 젊은이가 한 처녀를 • 180

옛날에 그녀가 부르던 노래가 • 181

너를 사랑하였고, 지금도 • 182    사랑하던 두 사람이 • 183

꿈에 • 184    세월은 와서 가고 • 185

두 사람은 서로 사랑하고 있었다 • 186

너는 청초한 꽃과 같이 • 187

너의 마음이 나에 대한 사랑으로 • 188

봄이 와서 • 189    마음을 스치며 가벼이 • 190

가녀린 수련꽃이 꿈을 꾸면서 • 191

너의 파란 고운 눈으로 • 192    네가 보낸 편지 • 193

눈비음의 키스, 눈비음의 사랑 • 194    사나운 파도가 • 195

진정한 나의 청혼을 • 196

## 헤르만 헤세

두 골짜기에서 • 201    높은 산 속의 저녁 • 202

안개 속에서 • 204    엘리자베트 • 205

한 점 구름 • 208    어머님에게 • 209    피에솔레 • 210

흰 구름 • 211    가을날 • 212    둘 다 같다 • 213

엘리자베트 • 214    행복 • 215    꽃, 나무, 새 • 216

바람 부는 6월의 어느 날 • 217    책 • 218

사랑의 노래 • 219    파랑 나비 • 220

9월 • 221    어딘가에 • 222    마른 잎 • 223

# 요한 볼프강 폰 괴테

내가 너를 사랑하는지 | 산 위에서 | 가을에 | 나그네의 밤 노래 1

나그네의 밤 노래 2 | 고독에 몸을 맡기는 사람은 | 눈물과 함께 빵을

슈타인 부인에게 보내는 편지에서 | 그리움을 아는 사람만이

사람의 일생 | 바다의 고요 | 운이 좋은 항해

문간마다 가만가만 다가가서 | 사랑하는 사람을 가까이에서

꽃 인사 | 3월 | 이른 아침, 옅은 안개 속에서 | 장미의 계절

**요한 볼프강 폰 괴테** Johann Wolfgang von Goethe, 1749~1832

프랑크푸르트에서 태어났다. 라이프치히의 대학에서 법률을 공부한 후 변호사가 되었다. 1774년에, 독일 제국 최고법원에서 실무를 수습하던 시절의 연애 경험을 소재로 한 『젊은 베르테르의 슬픔』을 발표하여 일약 유명해졌다. 그 후에도 계속 시, 희곡, 소설을 발표했다. 한편 바이마르공국(公國)에 초빙되어 내무장관, 궁정극장 총감독으로도 활약했다. 1831년에, 무려 60년이나 걸려서 불후의 명작 『파우스트』를 완성했고, 이듬해에 세상을 떠났다.

요한 볼프강 폰 괴테

# 내가 너를 사랑하는지

*Ob ich dich liebe*

내가 너를 사랑하는지 나도 모른다.
너의 얼굴을 한 번만 보아도,
너의 눈을 한 번만 보아도
가슴속의 아픔이 모두 사라져버린다.
흐뭇한 이 기분 하느님은 아신다.
내가 너를 사랑하는지 나도 모른다.

# 산 위에서

*Vom Berge*

사랑하는 릴리여, 내가 만약 당신을 사랑하고 있지 않다면
이 경치가, 참으로 많은 기쁨을 나에게 주었을 것입니다.
그러나 릴리여, 내가 만약 당신을 사랑하고 있지 않다면
나는 이 세상의 어디서도 나의 행복을 찾아내지 못할 것입니다.

# 가을에

Im Herbst

짙은 초록색 포도잎,
창문 위의
시렁에 무성하다.
탱글탱글한 쌍둥이 포도송이,
하루하루
때깔 좋게 익어간다.
떠나는 마지막 햇살이
따사로이 감싸주고,
결실의 상냥한 바람이
살랑살랑 흔들어준다.
달의 가벼운 입김에
알알이 차가워지고,
반짝이는 아침이슬은
영원히 식지 않을 사랑―
아, 끝없이 솟아나는,
나의 눈물이어라.

# 나그네의 밤 노래 1

*Wandrers Nachtlied*

그대, 하늘에서 내려와
온갖 슬픔과 고뇌를 갈앉히고,
커다란 불행에 싸여 있는 영혼을
심심한 위안으로 넘쳐나게 채우는 자여.
이제 나는 세상살이에 지쳤다!
고통이나 쾌락이 다 무엇일까.
달콤한 안식이여
어서 오라, 나의 가슴에.

요한 볼프강 폰 괴테

# 나그네의 밤 노래 2

*Wandrers Nachtlied*

봉우리마다
모두 쉬고 있다.
우듬지에는
바람 한 점
없고,
숲에는 새소리도 들리지 않는다.
기다려라,
너도 곧 쉬게 되리라.

# 고독에 몸을 맡기는 사람은
*Wer sich der Einsamkeit ergibt*

고독에 몸을 맡기는 사람은
머지않아서 외톨이가 된다.
사람들은 저마다 살아가고, 저마다 사랑을 하지만,
고독한 사람의 고통은 살피지 않는다.
그렇다면 나는 고통스럽게 살고 싶다.
그리고 한 번만이라도 내가
진정 고독해졌을 때,
그때 나는 외톨이가 아니리라.

사랑하는 여인이 혼자 있는지
소리 없이 다가가서 살펴보듯이
낮이나 밤이나 외로운 나에게
그렇게 슬픔이 오고,
고통이 온다.
언젠가 내가
무덤 속에 외롭게 누울 때,
그때 고통은 떠나고, 나는 외톨이가 되리라.

요한 볼프강 폰 괴테

# 눈물과 함께 빵을

*Wer nie sein Brot mit Tränen aß*

눈물과 함께 빵을 먹어보지 못한 사람은,
서러운 밤을 잠자리에서
한 번도 울며 새운 적이 없는 사람은,
하늘의 힘이여, 너희를 모른다.

너희는 우리를 이 세상에 보내고,
불쌍한 자가 죄를 짓게 한다.
그리고는 심한 고통을 느끼게 한다,
이 세상에서는, 죄는 벌을 받게 되는 것이다.

# 슈타인 부인에게 보내는 편지에서

*Ach, wie bist du mir*

맑디맑은 고요한 자연 속에 묻혀 있지만,
내 마음은 묵은 아픔으로 가득합니다.
언제나 그 사람을 위하여 살고 있지만,
그 사람을 위하여 살아서는 안 되는 것입니다.

*

여기 바위틈에 피어 있는 이 꽃을
일편단심으로 당신에게 바칩니다.
언젠가는 시들게 될 꽃이지만
영원한 사랑의 표시로.

*

아, 운명의 힘에 밀려
나는 불가능을 추구하고 있습니다.
사랑하는 천사를 위하여 사는 것은 아니지만,
첩첩 산속에서 당신을 위해 살고 있습니다.

*

아, 당신이 사무치게 그립습니다,
당신도 나를 생각하고 있겠지요!
그렇습니다, 이 진실을
나는 조금도 의심하지 않습니다.
아, 당신이 가까이에 있으면
사랑해선 안 된다는 생각이 들고,
멀리 떨어져 있으면
깊이깊이 사랑하고 있다고 생각하게 됩니다.

## 그리움을 아는 사람만이

*Nur wer die Sehnsucht kennt*

그리움을 아는 사람만이
나의 슬픔을 알아줍니다.
나는 모든 기쁨을 등지고
홀로
저 멀리
푸른 하늘을 바라봅니다.
아, 나를 사랑하고 알아주는 사람은
먼 곳에 있습니다.
어지럽고
속이 탑니다.
그리움을 아는 사람만이
나의 슬픔을 알아줍니다.

요한 볼프강 폰 괴테

## 사람의 일생

*Eines Menschen Leben*

사람의 일생이 무슨 대단한 것이라고
수많은 사람들이,
아무개가 무엇을 했느니
어떻게 했느니
왈가왈부한다.
시(詩)는 더 보잘것없는 것인데도
수많은 사람이 음미하고,
비난한다.
친구여, 그저 마음 비우고 살면서
계속 시를 쓰게나!

# 바다의 고요

Meeresstille

물속에 깊은 고요가 깃들고
바다는 잠잠하다.
사공은 근심스럽게
잔잔한 수면을 둘러본다.
어느 곳에서도 바람 한 점 불지 않고,
죽음 같은 고요가 무섭게 밀려온다.
끝없이 넓은 바다에
물결 하나 일지 않는다

요한 볼프강 폰 괴테

# 운이 좋은 항해

Glückliche Fahrt

안개가 걷히고,
하늘은 밝고,
바람의 신(神)이
근심의 끈을 푼다.
바람이 산들거리고
사공이 움직인다.
서둘러라, 서둘러!
물결이 갈라지고.
먼 곳이 다가온다.
벌써 육지가 보이는구나.

## 문간마다 가만가만 다가가서
*An die Türen will ich schleichen*

문간마다 가만가만 다가가서
얌전하게 서서 기다리리라.
자비로운 손이 음식을 건네주면
다음 문간으로 옮겨 가리라.
누구나 자신을 행복하다 여기고,
나의 모습을 보게 되면
눈물 한 방울 흘리리라.
그러나 왜 우는지 나는 알지 못한다.

요한 볼프강 폰 괴테

# 사랑하는 사람을 가까이에서

*Nähe des Geliebten*

빛나는 해가 바다를 비출 때,
나는 너를 생각한다.
반짝이는 달빛이 샘물을 물들일 때,
나는 너를 생각한다.

먼 길에 먼지가 날릴 때,
나는 네가 보인다.
좁은 오솔길에서 나그네가 떨고 있는
깊은 밤중에.

파도가 일어 멀리서 음울하게 울릴 때,
나는 너의 목소리를 듣는다.
만물이 침묵할 때
고요한 숲을 거닐며 나는 자주 귀를 기울인다.

나는 네 곁에 있고, 설령 네가 멀리 있다 하더라도,
너는 내 가까이에 있는 것이다!
해가 지고, 곧 별이 반짝이리라.
아, 네가 여기 있다면!

# 꽃 인사

*Blumengruß*

내가 엮은 꽃다발이 너에게
몇천 번이나 인사를 한다.
나는 꽃다발에 허리를 굽혔다,
아마도 천 번이나.
그리고 십만 번이나
가슴에 끌어안았다.

# 3월

눈이 내린다.
아직도 때가 되지 않았다.
온갖 꽃이 피어나면,
온갖 꽃이 피어나면
얼마나 좋으랴.

햇빛은 속였다,
부드러운 거짓 햇살로.
제비도 자신을 속였다,
자신을 속였다,
혼자 온 것을 보면.

아무리 봄이 온들
혼자서야 어찌 즐거우랴.
그러나 우리 둘이 부부가 되면,
부부가 되면
바로 여름이 오는 것을.

# 이른 아침, 옅은 안개 속에서

*Früh, wenn Tal, Gebirg und Garten*

이른 아침, 옅은 안개 속에서
산과 골짜기와 정원이 모습을 드러낼 때,
애타는 기다림 속에
꽃받침마다 눈부시게 꽃이 피어날 때.

하늘을 건너가는 구름이
맑은 햇빛과 어우러질 때,
동풍이 불어 구름을 몰아내고
파란 하늘을 보이게 할 때,

그때, 이 아름다운 정경(情景)을 즐기면서
위대한 자연의 티 없는 가슴에 고마움을 보낸다.
이윽고 날이 기울어 태양이 새빨갛게 하늘을 물들이고,
멀리 지평선을 황금빛으로 채색하리라.

도른부르크에서 1828년 9월

# 장미의 계절

Nun weiß man erst

장미의 계절이 지나간 후에. 비로소
장미 봉오리가 무엇인지 알게 된다.
줄기에 환하게 피어 있는 늦장미 한 송이.
만발한 꽃밭을 보는 듯하다.

# 프리드리히 빌헬름 니체

별의 규범 │ 날이 차츰 저물어간다 │ 가장 고독한 사람 │ 베네치아

물결은 한자리에 멎지 않는다 │ 이 사람을 보라 │ 방랑자와 그의 그림자

거나하게 취한 노래 │ 부탁 │ 나의 행복 │ 나의 장미 │ 격언의 말은

방랑자 │ 시새움 없이 │ 갖가지 법칙에 맞서서 │ 소나무와 번갯불

몰락 │ 아침은 지나가고

## 프리드리히 빌헬름 니체 Friedrich Wilhelm Nietzsche, 1844~1900

목사의 장남으로 태어났다. 본과 라이프치히의 대학에서 고전문헌학을 공부했다. 자신의 천재적인 사상에 대한 자부심을 품고 고고하게 살아갔으나 만년 (1889)에 정신병이 발병하여 병원에서 세상을 떠났다. 대개는 니체를 철학자로만 알고 있지만, 그는 소년 시절은 물론, 대학 시절에도 많은 시를 썼다. 인상주의적인 색채가 농후한 이 시기의 작품에는 이렇다 할 만한 것이 없지만, 그러나 그 이후의 작품에는 서정적인 정감과 이지적인 재치가 절묘하게 어우러진 니체다운 작품이 적지 않다.

프리드리히 빌헬름 니체

# 별의 규범

Sternen-Moral

별의 궤도를 걷기로 한 너에게는
별이여, 어둠이 무슨 상관 있겠는가.

이 시대를 헤치며 행복하게 나아가라!
시대의 비참함을 너와는 관계없는 멀리에 있게 하라!

반짝이는 너의 빛은 아득히 먼 세계의 것!
동정한다는 것은 너에게는 죄가 되는 것이다!

하나의 규범만이 너에게 걸맞다ー순수하라!

# 날이 차츰 저물어간다

*Der Tag klingt ab*

날이 차츰 저물어간다. 행복과 빛은 노랗게 되고,
한낮은 멀리에 있다. 얼마나 더 계속될지.
곧 달과 별과 바람과 서리가 온다.
이제 나는 더 주저하지 않는다,
일진의 바람이 나뭇가지에서 따내는 과실같이.

프리드리히 빌헬름 니체

# 가장 고독한 사람

*Der Einsamste*

낮이 낮에 지쳐버린 지금,
모든 그리움의 실개천이
새로운 위안이 되어 졸졸 소리를 내고,
하늘도 모두 금빛 거미줄에 걸린 채
지쳐버린 사람들에게 말하고 있다. "이제 쉬어라!"
너는 왜 쉬지 않는가, 깜깜한 가슴이여,
무엇이 너를 발이 아프도록 도망치게 하는가…
너는 무엇을 기다리고 있는가.

# 베네치아

*Venedig*

요즈막 고동색 밤에
나는 다리 옆에 서 있었다.
멀리서 노랫소리가 들려왔다.
그것은 금빛 방울이 되어
흔들리는 물 위에 번져나갔다.
곤돌라, 등불, 음악이—
취한 듯이 황혼 속으로 녹아들었다.

내 마음은 현악의 가락,
보이지 않는 손으로 연주되었고,
곤돌라의 노래가 은밀히 화답했다,
다양한 행복에 몸을 떨면서.
누가 이것을 귀담아 들었을까…

프리드리히 빌헬름 니체

# 물결은 한자리에 멎지 않는다

*Die Welle steht nicht still*

물결은 한자리에 멎지 않는다.
밤은 환한 낮을 사랑한다―
"나는 바란다"는 말은 아름답게 들린다.
"나는 좋아한다"는 더 아름답게 들린다.


영원한 샘은 모두
영원히 흘러나온다.
신(神) 자신은―옛날에 이미 시작했던 것일까.
신 자신은―언제든지 시작하는 것일까.

# 이 사람을 보라

*Ecce Homo*

그래! 나는 나의 태생을 알고 있다!
불꽃처럼 한없이 타오르고,
나 자신을 내가 삼킨다.
내가 붙잡는 것은 모두 빛이 되고,
내가 버리는 것은 모두 숯이 된다.
분명히 나는 불꽃이다!

프리드리히 빌헬름 니체

# 방랑자와 그의 그림자
*Der Wanderer und sein Schatten*

다시는 돌아오지 않는가. 그리고 위로 오르지 않는가.
영양(羚羊)이 다닐 길도 없는가.

그래서 여기서 기다렸다가 단단히 붙잡겠다,
나의 눈과 손이 붙잡는 것을!

다섯 자 넓이의 땅. 아침노을,
그리고 발아래는 — 세계와 인간과 죽음이!

# 거나하게 취한 노래

*Das trunkne Lied*

아 인간이여! 귀담아들어라!
깜깜한 한밤이 무슨 말을 하는지.
"나는 잠자고 있었다. 잠자고 있었다—
깊은 꿈에서 방금 깨어났다—
세계는 깊다.
그리고 대낮은 생각보다 더 깊다.
세계의 슬픔은 깊다—
쾌락은 마음의 고통보다 더 깊다.
슬픔은 말한다, 사라져라!
그러나 모든 쾌락은 영원을 원한다
—깊디깊은 영원을!"

# 부탁

Bitte

많은 사람들의 마음은 알고 있지만,
나 자신이 누구인지는 알지 못한다!
나의 눈이 너무 나 가까이에 있는 것이다―
나는 내가 보고 있는 것, 그리고 보았던 것과는 다르다.
내가 나한테서 더 떨어져서 앉을 수 있다면,
나에게 더 유익했을 것이다.
그러나 나의 적만큼이나 떨어져서는 안 된다!
가장 가까운 친구가 이미 너무 떨어져 있는 것이다―
그런 친구와 나와의 가운데쯤에!
너희는 알겠는가, 내가 무엇을 바라는가를.

# 나의 행복

Mein Glück

살펴보는 것에 지쳐버리고 나서,
찾아내는 것을 배워 익혔다.
바람의 방해를 받은 후로는
돛에 바람을 가득 받아서 나아간다.

# 나의 장미

*Meine Rosen*

그래! 나의 행복—그것은 남을 행복하게 해주고 싶어 한다—
모든 행복은, 행복하게 해주고 싶어 하는 것이다!
너희는 나의 장미를 꺾고 싶지 않은가.

너희는 바위와 가시나무 울타리 사이에서
몸을 굽히고, 몸을 숨겨서,
번번이 손가락이나 빨고 있지 않으면 안 된다!

나의 행복이—놀리기를 좋아하기 때문이다!
나의 행복이—술책을 좋아하기 때문이다!
너희는 나의 장미를 꺾고 싶지 않은가.

# 격언의 말은

*Das Sprüchwort spricht*

날카롭지만 너그러울 때도 있고,
거칠지만 섬세한 데도 있다.
익숙한 것이지만 서름하기도 하며,
때가 묻은 것도 있고, 깨끗한 것도 있다.
어리석은 자와 똑똑한 자의 밀회.
나는 이들 모두이며, 또 그렇고 싶다.
동시에 비둘기요, 뱀이요, 돼지이고 싶다.

# 방랑자

*Der Wandrer*

"더 나갈 길이 없다! 주위에는 심연과 죽음의 정적뿐이다!"

네가 그렇게 바랐던 것이다! 너의 의지로 길을 피했던 것이다!

방랑자여, 지금이 중요한 때다! 지금이야말로 냉정하고 똑똑히 보아라!

위험하다고 생각된다면 ─ 너는 파멸이다.

## 시새움 없이

*Ohne Neit*

그래, 시새우는 마음 없이 그는 본다.
그래서 너희는 그를 존경하는가.
너희들의 존경심 같은 것은 그의 안중에 없다.
그는 먼 곳을 바라보는 매의 눈을 가지고 있다.
그는 너희들을 보지 않는다!
오직 별들을, 별들을 보고 있을 뿐이다.

프리드리히 빌헬름 니체

# 갖가지 법칙에 맞서서

*Gegen die Gesetze*

오늘 아침부터 나의 목에
털로 만든 끈으로 시계가 매달려 있다.
오늘부터는 별의 운행,
태양, 새벽의 닭울음, 그리고 그림자는 모두 멎는다.
지금까지 나에게 시간을 알려주던 것이,
지금은 말을 못하고, 듣지 못하고, 보지 못한다—
규칙과 시계가 째깍째깍 작동하면서
모든 자연이 나에게 침묵하고 있다.

# 소나무와 번갯불

*Pinie und Blitz*

나는 인간과 짐승 위로 높이 자랐다.
그리고 말한다 – 나와 이야기하는 자는 아무도 없다.

너무나 고독하게 나는 자랐다. 그리고 너무 높이.
나는 기다리고 있다. 그런데 무엇을 기다리고 있나.

구름 자리는 나에게 너무 가깝다 –
나는 첫 번째 번갯불을 기다리고 있다.

프리드리히 빌헬름 니체

# 몰락

*Niedergang*

그는 갈앉고 있다. 지금 추락하고 있는 것이다─너희는
이러니저러니 비웃는다.
그러나 사실은, 너희에게 내려오는 것이다.

그의 엄청난 행복은 그의 재앙이 되었고,
그의 엄청난 빛은 너희들의 어둠을 뒤쫓고 있다.

# 아침은 지나가고

*Morgen ist vorbei*

아침은 지나가고,
한낮의 뜨거운 눈빛이 머리를 달군다.
나무 그늘에서 잠시 쉬며
우정의 노래를 부르자.
우정은 인생의 갓밝이였다.
그것은 또 우리들의 저녁놀도 되리라.

# 리하르트 데멜

싱싱한 배나무 밑에서 | 저녁녘의 소리 | 수많은 밤 | 환한 밤

우러러보다 | 조용한 행보 | 멈추지 않고 | 이상적인 풍경

밤이 되기 전의 노래 | 청명한 날 | 비가 온 후에 | 말 없는 표시

비밀 | 비유 | 고요한 마을 | 한여름의 노래

리하르트 데멜 Richart Dehmel, 1863~1920

대학 시절부터 시를 썼지만 자연주의를 주장하면서부터 본격적인 문학 활동
을 시작했고, 그 무렵(1871)에 낸 첫 시집이 릴리엔크론의 격찬을 받았다. 이후
인상주의로 옮겨 갔지만 만년의 그의 시에는 명상적이고 신비적인 색채가 짙게
나타난다. 시의 영역을 확대하기 위해 그는 관능의 세계를 개척했는데, 동시대
와 후대에 미친 영향이 엄청나게 크다.

리하르트 데멜

# 싱싱한 배나무 밑에서

*Unterm jungen Birnbaum*

너는 싱싱한 배나무 밑에 서 있었다.
섬섬한 손가락으로 황홀히
갓 생긴 작은 파란 열매를 만지작거리고 있었다.
남아 있던 꽃이 네 곁에서 팔랑팔랑 떨어졌다.

나도 싱싱한 배나무 밑에 서 있었다.
나의 딱딱한 손은
자그마한 갓 생긴 파란 열매를 만지지 않았다.
남아 있던 꽃이 내 곁에서 팔랑팔랑 떨어졌다.

# 저녁녘의 소리

목초지가 푹 쉬고 싶어 한다.
줄기나 가지 중에
몸을 뉘는 것이 있다.
안개가 피어오르는,
그 소리가 들리리라.
귀를 기울여보아라 ─ 지금.
너의 발걸음 소리가
안개의 고요를
흩뜨리고 있지 않은지.

리하르트 데멜

# 수많은 밤

Manche Nacht

들이 어두워지면
나의 눈이 더 밝아지는 것 같다.
벌써 별이 반짝이기 시작하고,
귀뚜라미가 잰 소리로 운다.

소리 하나하나에 비유가 많아지고,
예사로운 것이 별난 것처럼 보인다.
숲 뒤의 하늘빛이 희미해지면서
우듬지가 점점 선명히 떠오른다.

걷고 있어서 너는 알아채지 못한다,
수백 배로 늘어난 빛이
어둠으로부터 빠져나가는 것을—
압도되어서 너는 갑자기 멈추어 선다.

## 환한 밤

Helle Nacht

하얀 달이
나뭇가지에 정답게 입 맞추고,
나뭇잎에는
무슨 속삭임 같은 것이 깃들이고,
작은 숲은 말없이 잠이 드는 듯하다.
사랑하는 그대여 –

연못은 잔잔하다.
버들가지는 가물거리고,
그 그림자가 물에 비치며
깜박거린다.
그리고 나무 하나하나에서 바람이 울고 있다.
우리 둘이 함께 꿈을 꿀거나 –

먼 곳은 환하게 밝아서
마음이 편하고,
저지대는
젖은 베일을 푸르스름하게

리하르트 데멜

하늘 끝까지 높이 내건다.
아 저쪽으로―아 꿈이여―

# 우러러보다

*Aufblick*

애틋한, 우리들의 사랑 위에
수양버들이 길게 늘어져 있다.
우리 둘을 둘러싼 밤과 어둠.
우리는 그저 고개를 숙이고 있다.

어둠 속에 그냥 말없이 앉아 있다.
지난날 이 자리에 냇물이 흘렀고,
반짝이는 별들을 함께 바라보았다.

모두가 사라져서 서러운 건가.
귀를 기울여 들어보아라 — 먼 속삭임 — 둥근 돔에서 —

종소리… 밤… 그리고  사랑 …

리하르트 데멜

## 조용한 행보

*Stiller Gang*

저녁 어스름이 내린다. 가을걷이 불이 타오른다.
그루터기 위에서 연기가 둘로 나뉜다.
벌써 길이 거의 보이지 않는다.
곧 밤이 온다. 나는 떠나야 한다.
딱정벌레가 내 귀를 스치며 윙윙 지나간다.
지나간다.

# 멈추지 않고

*Kein Bleiben*

점점 더 세차게
펑펑 쏟아지는 함박눈.
일어서서 보니
몰아치는 눈송이,
거리의 빛이 밝은 곳,
입을 다문 얼굴,
점점 더 세찬 눈.
멈추지 않고,
앞으로, 앞으로
홀로 나아간다!

리하르트 데멜

## 이상적인 풍경

*Ideale Landschaft*

너의 얼굴은 훤하게 밝았다.
그것은 저녁녘의 고귀한 광채였다.
너는 언제나 나를 외면하였고,
오로지 빛만 바라보았다.
그리고 나의 절규는 메아리가 되어 멀리 사라졌다.

# 밤이 되기 전의 노래

*Gesang vor Nacht*

저녁 해가 커다랗게 빛나는 속에
와들와들 바다가 떨고, 조용히 밀물이 든다.
저녁 해가 커다랗게 빛나는 속에
널리 퍼진 더위가 나까지도 에워싼다.
저녁 해가 커다랗게 빛나는 속에
나의 피가, 불꽃을 튀기며 끓어오른다.
조수가 더욱더 차오른다 ─
저녁 해가 커다랗게 빛나는 속에.

리하르트 데멜

# 청명한 날

*Klarer Tag*

하늘이 바다에서 눈부시게 빛나고 있다.
나는 걷는다. 그리고 조용히 하늘처럼 빛나고 있다.

많은 사람들이 나처럼 걷고 있다.
그들 모두가 저마다 조용히 빛나고 있다.

때때로 빛만 걷고 있는 것 같다,
고요 속을 뚫고 나와서.

실바람이 바닷가를 스치며 지나간다.
아, 기막히게 느긋한 이 무위(無爲)여.

# 비가 온 후에

보아라, 하늘이 파래진다.
제비가 젖은 자작나무 위를
물고기처럼 날렵하게 날아간다.
너는 울고 싶은가.

윤기 나는 수목들과 푸른 새들이
너의 마음속에서 곧
금빛 모습으로 변하게 된다.
너는 울고 있는가.

나의 눈은
너의 작은
두 개의 태양을 들여다본다.
그러자 너는 미소를 짓는다.

리하르트 데멜

# 말 없는 표시

*Stilles Zeichen*

나의 머리카락에 장미 꽃잎이 남아 있었다.
나는 앉아서 줄곧 생각하고 있었다,
너의 팔에서 벗어나던 나의 그 동작을.
그리고 땅바닥을 내려다보았다.
그러자 나의 고독 속으로
빨간 꽃잎이 떨어졌다.

# 비밀

*Geheimnis*

달이
어둑어둑한 협곡으로 돌아간다.

폭포 주변에서 누군가 노래를 부르고 있다.

아 사랑하는 사람아—
너의 더없는 기쁨이,
견딜 수 없는 아픔이
나에게는 행복인 것이다——

리하르트 데멜

# 비유

*Gleichnis*

그것은 우물입니다. 모두들 슬픔이라고 부르고 있습니다.
거기서 순수한 행복이 흘러나옵니다.
그렇다고 해서 우물을 들여다보고만 있으면
무서워집니다.

깊이 물이 괸 수직갱 속에,
밤으로 둘러싸인 자신의 밝은 모습이 보이는 것입니다.
그러나 그 물을 마셔보십시오! 당신의 모습은 사라지고,
빛이 솟아납니다.

# 고요한 마을

Die Stille Stadt

골짜기에 마을이 있다.
창백한 하루가 저문다.
얼마 안 가서
달도 없고 별도 없이
하늘에 어둠만 깔린다.

둘러싸고 있는 산에서 모두
마을로 안개가 내려온다.
지붕도 뜰도 집도 다 잠기고,
그 속에서 소리 하나 들리지 않는다.
탑도 다리도 보이지 않는다.

그러나 나그네가 불안해지면
골짜기의 바닥에서 작은 등불이 하나 깜박인다.
그리고 깊은 안개 속에서
나직하게 찬송가가 시작된다,
어린아이들의 목소리로.

리하르트 데멜

# 한여름의 노래

*Hochsommerlied*

여름이 지나가면서 나의 고향을 금빛으로 물들이고,
쑥쑥 자란, 잘 익은 곡식은 따뜻한 빵처럼 부풀어 오른다
마치 황금 같은 나의 어린 날이 다시 돌아온 것 같다.
사랑하는 대지여, 너에게 감사한다.

제비들은 푸른 하늘 높이 나를 불러내고,
뭉게구름은 그 하얀 광채를 더욱 높이 쌓는다.
마치 푸른 나의 소년 시절이 다시 돌아온 것 같다.
사랑하는 태양이여, 너에게 감사한다.

테오도어 도이플러

황혼 | 적적(寂寂)

겨울 | 자주

## 테오도어 도이플러 Theodor Däubler, 1876~1934

트리에스트에서 태어났다. 그는 나폴리, 빈, 파리, 플로렌스, 제네바, 아테네, 카이로, 카프리, 드레스덴 등을 떠돌며 일생을 보냈는데, 가장 오래 체류한 곳은 베를린이었다.

도이플러의 대표작으로는 모두가 그의 장편 서사시 『북극광』을 들고 있다. 장장 3만 행에 이르는 방대한 이 작품은 1910년에 발표되었는데, 도취한 듯한 추상적인 예언과 다양한 환상이 넘실거리는 이 난해한 서사시는 신비적이고 찬가적인 20세기의 신화라 할 수 있다. 그러나 본래가 환상적인 경향이 강한 시인이었던 만큼 그의 시 중에는 이미지를 음악적인 운문으로 조형한, 표현주의적인 아름다운 서정시가 상당히 많다. 그리고 그는 독일어에 색채와 음악성을 부여한 스케일이 큰 시인으로도 평가되고 있다. 프로이센 예술원의 회원이 되기도 했지만, 가난과 고독 속에서 1934년 6월 14일 세상을 떠났다.

대표적인 시집으로 『별이 비추는 길』(1915), 『아티카풍 소네트』(1924) 등을 들수 있다.

테오도어 도이플러

# 황혼

*Dämmerung*

하늘에는 첫 별이 반짝이고,
사람들은 신(神)을, 지배자를 떠올리고,
작은 배들은 말도 없이 떠나고,
내 집에는 등불이 하나 들어온다.

큰 파도가 하얗게 잇달아 솟아오르고,
모든 것이 내게는 신성하게 여겨지고,
의미 깊게 내 마음에 배어드는 것은 무엇인가.
너는 언제나 서러워지는 일이 결코 없는 것을.

## 적적(寂寂)

*Einsam*

나는 소리 높이 부른다. 나의 목소리에 전혀 반향이 없다.

이것은 오래된, 전혀 소리가 없는 숲이다.

나는 숨을 쉬고 있지만, 움직이거나 소리를 내는 것이 하나도 없다.

나는 살아 있다, 가만히 귀를 기울이거나 불같이 화를 낼 수 있으니까.


이것은 숲이 아닌가? 희미한 빛을 내며 꿈이 타오르기 시작한 것일까?

말없이 여행을 계속하고 있는 가을일까?

전에는 숲이었다! 태고의 강렬한 힘이 넘치는 숲이었던 것이다!

그런데 산불이 난 것이다. 그것이 점점 가까이 기어오르는 것을 나는 보았다.


나는 회상한다. 그러나 그저 회상으로 회상할 수 있는 것이다.

나의 숲은 죽어 있었다. 나는 낯선 보리수들에게 속삭여보았다.

그러자 나의 가슴속에 하나의 샘이 솟아났다.

지금 나는 꿈을 응시하고 있다. 그 꿈은 빤히 쳐다보고 있는 숲의 유령이다.

그러나 나의 침묵은, 아 결코 끝이 없는 것이 아니다.

메아리가 울리지 않는 숲은 어디에도 없다는 것을 나는 알고 있는 것이다.

# 겨울

*Winter*

숲은 괴괴하고,
눈은 소리 없이 내리고,
노루는 한없이 쓸쓸하다.
나는 소리 내어 부른다. 저기 울리는 것은 무슨 소린가.
메아리가 울리는 것이다.
메아리가 돌아오면 슬프고,
그 슬픔은 살금살금 다가오는 것 같다.
메아리는 나의 가슴속에서 나를 찾아낸다.
나는 왜 숲의 고요를 깨뜨렸을까.
눈은 아무 소리도 내지 않았다.
노루는 겁을 먹고 도망갔을까.
내가 왜 소리를 질렀는지 후회스럽다.

# 자주

저녁녘의 골짜기와, 그 골짜기의 개울과 전나무가
왜 내 마음에 거듭해서 나타나는가.
그때마다 별 하나가 또렷하게 내려다보며 말한다.
말없이 이곳을 떠나서 돌아다녀라.

그래서 나는 좋은 사람들의 곁을 떠난다.
무엇이 나를 그렇게 비참하게 만들 수 있었던가.
여기저기서 종이 울리기 시작한다.
그리고 그 별은 가늘게 떨기 시작한다.

# 엘제 라스커–실러

기도 ｜ 화해 ｜ 이별

나의 어머니 ｜ 노래 하나

## 엘제 라스커-실러 Else Lasker-Schüler, 1876~1945

엘버펠트에서 태어난 여류시인. 어릴 때 가족과 사별하고 베를린으로 나왔다. 일찍부터 그녀의 시에 대한 특이한 재능이 주목을 받았고, 표현주의 운동에 참여하면서 테오도어 도이플러, 게오르크 트라클, 고트프리트 벤 등과 친하게 지내게 되었다. 그러나 유대인이었기 때문에 1936년에 나치스에 쫓겨 스위스로 피신했고, 이듬해에는 팔레스티나로 옮겼다가, 불안정하고 고통스러운 망명 생활 끝에 1945년 1월 22일 예루살렘에서 세상을 떠났다.

한없이 풍부한 어휘를 구사하며 특이한 운율로 이어나가는 그녀의 정열적이고 마력적인 시는 때로는 난해하기도 하지만 표현주의적이면서도 동시에 유대적인 정열을 짙게 발산하고 있다.

시집 『헤브라이의 발라드』(1913), 『나의 파란 피아노』(1943) 등이 유명하다.

# 기도

*Gebet*

저는 곳곳에서 어떤 도시를 찾고 있습니다,
그 성문(城門) 앞에 천사 한 사람이 서 있는.
저는 그 천사의 커다란 날개를
찢어진 채 힘겹게 어깨에 짊어지고,
이마에는 그의 별을 봉인으로 달고 있습니다.

그리고 언제나 밤 속으로 걸어 들어갑니다…
저는 이 세상에 사랑을 전파했습니다—
모든 마음이 파랗게 꽃피도록.
그리고 저는 평생 동안 피곤하게 잠 깨 있었고,
하느님 속에 암담한 숨을 불어넣었습니다.

아 하느님, 당신의 망토로 저를 단단히 감싸주십시오.
그렇습니다, 저는 둥근 컵 속의 앙금입니다.
그러나 마지막 사람이 세계를 엎지르더라도
당신은 당신의 전능(全能)으로부터 저를 다시는 떼어놓지 않을
것이고,
　새로운 지구가 저를 둘러쌀 것입니다

# 화해

*Versöhnung*

나의 무릎에 커다란 별 하나가 떨어질 것입니다…
밤에 잠자지 말고 우리 깨어 있읍시다.

하프처럼 잘게 뜯어낸 말로
기도를 합시다.

밤에 우리 화해합시다—
신(神)이 넘쳐나서 범람하고 있습니다.

어린이는 우리들의 심장입니다,
그것이 달콤하게 지쳐서 쉬고 싶어 합니다.

그리고 우리들의 입술은 키스하고 싶어 합니다.
당신은 왜 머뭇거립니까.

나의 심장은 당신의 심장과 잇닿아 있습니다—
당신의 피가 언제나 내 볼을 벌겋게 물들입니다.

밤에 우리는 화해합시다.
마음으로부터 서로 사랑한다면 우리는 죽지 않습니다.

나의 무릎에 커다란 별 하나가 떨어질 것입니다.

# 이별

*Abschied*

그러나 당신은 저녁녘에 오신 적이 한 번도 없습니다—
나는 별의 외투를 입고 앉아 있었습니다.

… 누군가가 우리 집 문을 두드렸을 때,
그것은 나 자신의 심장이었습니다.

나의 심장은 이제 모든 집의 문설주에 걸려 있습니다.
당신 집의 문에도 걸려 있습니다.

그것은 갈색 꽃장식 속의
양치류(羊齒類) 덤불 사이에 있는 새빨간 장미꽃입니다.

나는 당신을 위하여 심장의 피로
하늘을 딸기 빛으로 물들였습니다.

그러나 당신은 저녁녘에 오신 적이 한 번도 없습니다—
…나는 황금의 신을 신고 서 있었습니다.

엘제 라스커-실러

# 나의 어머니

Meine Mutter

나와 나란히 걷고 있었던
어머니는 위대한 천사였을까.

혹은 안개 자욱한 하늘 아래
묻혀 있을까.
어머니의 죽음 위에 파랗게 꽃이 핀 적은 한 번도 없습니다.

그러나 나의 두 눈이 밝게 반짝여서
어머니께 빛을 가져다줄 수 있다면,

나의 미소가 얼굴 속에 묻혀버리지 않는다면,
어머니의 무덤 위에 그것을 걸 것입니다.

그러나 나는, 언제나 대낮뿐인
별 하나를 알고 있습니다.
그 별을 나는 어머니의 무덤 위로 가져가고 싶습니다.

앞으로 나는 늘 외톨이로 있을 것입니다,
나와 나란히 걷고 있었던
그 위대한 천사처럼.

## 노래 하나

*Ein Lied*

내 눈 뒤에 호수가 있습니다.
그것을 나는 죄다 울어버려야 합니다.

언제나 철새와 함께
멀리로 날아가고 싶습니다.

넓은 공중에서
바람과 함께 다섯 빛 숨을 쉬고 싶습니다.

아, 나는 너무나 서럽습니다—
달 속의 얼굴이 그것을 알고 있습니다.

그 얼굴 주위에는 비로드처럼 보드라운 기도가 있고,
내 주위에는 다가오는 이른 아침이 있습니다.

당신의 돌같이 굳은 심장에 부딪혀
나의 날개가 부러졌을 때,

엘제 라스커-실러

푸른 덤불 높은 데서
비통한 장미처럼 지빠귀가 떨어졌습니다.

억눌려 있는 지저귐이 모두
다시 환호성을 지르려 합니다.

그리고 나는
철새와 함께 멀리 날아가고 싶습니다.

# 라이너 마리아 릴케

사랑이 어떻게 너에게로 왔는가 | 어느 봄날에선가 꿈에선가

먼저 피는 장미들이 잠을 깬다 | 당신을 찾는 사람은

내가 거기서 태어난 어둠이여 | 고독 | 가을날 | 가을의 마지막 | 가을

엄숙한 시간 | 사랑의 노래 | 이별 | 장미의 내부 | 봄바람

기념비를 세우지 말라 | 세계가 어느새

아 이것은 존재하지 않는 짐승이다 | 장미여 | 눈물 항아리

내가 과실을 그린 것은 | 장미여, 아 순수한 모순이여

라이너 마리아 릴케 Rainer Maria Rilke, 1875~1926

보헤미아의 프라하에서 태어났다. 그는 귀족의 후예라고 말하고 있으나 믿을
만한 근거는 없다. 오스트리아 육군의 퇴역 장교였던 아버지의 희망에 따라 군
인이 되기 위하여 1886년 9월부터 1891년 7월까지 10대 초반의 5년 동안 육군
군사학교에 재학했으나 적성에 맞지 않아서 중퇴했다. 린츠의 상업학교에 입
학하면서 시를 쓰기 시작했고, 프라하와 뮌헨, 베를린의 대학에서 미술사, 문학
사, 역사철학의 강의를 듣는 등, 일반적인 교육과정을 밟기도 했다.
　두 번에 걸친 러시아 여행의 체험을 통하여 문인이 되기로 결심하고, 시 외에
소설과 희곡도 다수 발표했다. 한때 파리로 이주하여 한동안 조각가 로댕의 비
서로 일하면서 커다란 영향을 받기도 했다. 그런데 그는 한곳에 눌러앉아 살지
못하고, 평생 유럽 각지를 전전하면서 시에 전념했는데, 체험을 승화시키고 삶
의 본질, 즉 사랑과 고독과 죽음의 문제를 추구하여 인간 실존의 궁극을 철저히
파고들어서 밝힘으로써 20세기 정상급 시인의 한 사람으로 평가되고 있다. 『두
이노의 비가(悲歌)』가 그의 대표작으로 꼽히는데, 시 외에는 『말테의 수기』 『로
댕론』 『젊은 시인에게 보내는 편지』 등이 많이 읽히고 있다. 그는 1926년 12월
29일 스위스의 발몽에서 세상을 떠났다.

라이너 마리아 릴케

# 사랑이 어떻게 너에게로 왔는가
*Und wie mag die Liebe*

사랑이 어떻게 너에게로 왔는가.
햇살처럼, 꽃보라처럼
기도처럼 왔는가.

반짝이는 행복이 하늘에서 내려와
날개를 접고,
꽃피는 나의 가슴을 크게 차지한 것을…

# 어느 봄날에선가 꿈에선가

*Im Frühling oder im Traume*

어느 봄날에선가 꿈에선가
언제였던가 너를 본 적이 있다.
지금 우리는 가을날을 함께 걷고 있다.
그리고 너는 내 손을 잡고 흐느끼고 있다.

흘러가는 구름을 울고 있는가.
핏빛처럼 붉은 나뭇잎 때문인가. 그렇지 않으리.
언젠가 한 번 행복했기 때문이리라.
어느 봄날에선가 꿈에선가…

라이너 마리아 릴케

# 먼저 피는 장미들이 잠을 깬다
*Erste Rosen erwachen*

먼저 피는 장미들이 잠을 깬다.
머뭇거리는 그 향기가
마치 은근한 미소 같고,
제비의 날렵한 날개처럼
그것이 낮의 대기를 슬쩍 스친다.

네가 뻗은 손끝에는
아직 두려움밖에 없다.

가물거리는 빛은 모두 겁이 많고,
울림소리는 아직도 귀에 설고,
밤은 너무 서름하다.
그리고 아름다움은 수줍음이다.

# 당신을 찾는 사람은

*Alle, welche dich suchen*

당신을 찾는 사람은 모두 당신을 시험하려 합니다.
그리고 당신을 찾아낸 사람은
용모와 몸짓에 당신을 결부합니다.

그러나 저는 대지가 당신을 이해하듯
그렇게 당신을 이해코자 합니다.
저의 성숙과 함께
당신의 나라도
성숙합니다.

당신을 증명하는 헛된 일을
당신에게 바라지는 않겠습니다.
저는 압니다, 시간이라는 것은
당신과는
다른 의미를 가지고 있다는 것을.

저를 위하여 기적을 행하지 마옵소서.
세대에서 세대로
더욱 명백해지는
당신의 계율이 바르다고 하십시오.

라이너 마리아 릴케

# 내가 거기서 태어난 어둠이여

*Du Dunkelheit, aus der ich stamme*

내가 거기서 태어난 어둠이여,
불꽃보다 너를 더 사랑한다.
불꽃은
어떤 하나의 원을 위하여 비추면서
세계를 한정하고 있지만
그 범위 밖에서는 아무도 불꽃을 모른다.

그러나 어둠은 모든 것을 지니고 있다.
형태와 불꽃, 짐승과 나를.
마치 낚아채듯이
사람과 온갖 능력까지도—

어쩌면 나의 옆에서
어떤 위대한 힘이 움직이고 있는지도 모를 일이다.

나는 밤을 믿는다.

# 고독

*Einsamkeit*

고독은 비와 같다.
저녁녘을 향해 바다에서 올라와
멀리 떨어진 평야에서
언제나 적적한 하늘로 올라간다.
그리하여 비로소 도시 위에 떨어진다.

밤도 낮도 아닌 박명(薄明)에 비는 내린다.
모든 골목이 아침으로 향할 때,
아무것도 찾지 못한 육체와 육체가
실망하고 슬프게 헤어져 갈 때,
그리고 서로 미워하는 사람이 함께
하나의 침대에서 잠자야 할 때,

그때 고독은 강물 되어 흐른다…

라이너 마리아 릴케

# 가을날

*Herbsttag*

주여, 가을이 왔습니다. 여름이 참으로 길었습니다.
해시계 위에 당신의 그림자를 놓아주시고,
들에는 많은 바람을 푸십시오.

마지막 과실들을 익게 하시고,
이틀만 더 남국의 햇볕을 주셔서
그들을 완숙게 하여
마지막 단맛이 진한 포도주 속에 스미게 하십시오.

지금 집이 없는 사람은 이제 집을 짓지 않습니다.
지금 고독한 사람은 앞으로도 오래 고독하게 살면서
잠자지 않고, 읽고 그리고 긴 편지를 쓸 것입니다.
바람이 불어 나뭇잎이 날릴 때, 불안스레
이리저리 가로수 길을 헤맬 것입니다.

# 가을의 마지막

*Ende des Herbstes*

언제부턴가 나는
모든 것이 변하는 것을 보아온다.
무엇인가 일어서고, 행동하고,
없애고 그리고 슬프게 하는 것을.

볼 때마다 늘
정원의 모습이 모두 달라져 있다.
노랗게 물들어가던 것이
누렇게 되는 완만한 조락.
그 길은 멀고도 멀었다.

지금 공허한 정원에서
가로수 길을 모두 내다본다.
엄숙하고 묵직한,
거부하는 하늘이
먼 바다 쪽까지 거의 다 보인다.

라이너 마리아 릴케

# 가을

*Herbst*

나뭇잎이 진다. 멀리서 떨어지듯 잎이 진다.
하늘의 먼 정원들이 시들어버린 듯이.
부정하는 몸짓으로 잎이 진다.

그리고 깊은 밤에는 무거운 지구가
다른 별들에서 떨어져 고독에 잠긴다.

우리 모두가 떨어진다. 이 손이 떨어진다.
보라, 다른 것들을. 모두가 떨어진다.

그러나 어느 한 사람이 있어서, 이 낙하를
한없이 너그러이 두 손에 받아들인다.

# 엄숙한 시간

Ernste Stunde

지금 세계의 어느 곳에서 누가 울고 있다.
이유도 없이 울고 있는 사람은
나를 울고 있다.

지금 밤의 어느 곳에서 누가 웃고 있다.
이유도 없이 웃고 있는 사람은
나를 비웃고 있다.

지금 세계의 어느 곳에서 누가 걷고 있다.
이유도 없이 걷고 있는 사람은
나에게로 오고 있다.

지금 세계의 어느 곳에서 누가 죽어간다.
이유도 없이 죽어가는 사람은
나를 바라보고 있다.

# 사랑의 노래

Liebes-Lied

나의 마음을 당신의 마음에 닿지 않게 하려면
내 마음을 어떻게 유지해야 하겠습니까. 당신 너머 저쪽의
다른 사물들에게 어떻게 내 마음이 닿게 해야 하겠습니까.
아, 나는 내 마음을 어딘가 어둠 속의
무슨 잃어버린 것 뒤에 간수해두고 싶습니다.
당신의 깊숙한 곳이 흔들려도
덩달아서 흔들리지 않는 어딘가 낯설고 으슥한 곳에.
그렇지만 우리에게 닿는 모든 것은
우리를, 당신과 나를 하나로 묶어버립니다.
두 현에서 하나의 소리를 끌어내는 바이올린의 활같이.
우리는 어떤 악기에 매여 있는 현입니까.
어떤 연주자가 우리를 켜고 있습니까.
아, 감미로운 노래.

# 이별

*Abschied*

이별이 어떤 것인지 나는 뼈저리게 느꼈다.
지금도 잘 알고 있다. 애매하고 상처 입지 않는 매정한 그것을,
그것은 아름답게 결합한 것을
다시 한번 보여주고, 내밀고, 그리고 찢어버린다.

나는 별수 없이 그저 지켜볼 뿐이었다,
나를 부르고는 나를 떠나게 하고, 뒤에 남은 것을.
그것은 모두가 여인인 듯했지만,
그저 작고 하얀 것,

이제는 나와 상관이 없는
이제는 말로 거의 설명할 수 없는,
넌지시 흔들고 있는 하나의 손짓인지도 모르겠다―
그것은 아마도 뻐꾸기 한 마리가 급히 날아가버린 자두나무 아
닐까.

라이너 마리아 릴케

# 장미의 내부

Das Rosen-Innere

이런 내부를 에워싼 외부가 어디에 있을까.
어떤 아픔에
그런 아마포를 갖다 댈까.
근심 없이
활짝 핀 이 장미의 내부 호수에
어떤 하늘이
비치고 있을까.
보라, 장미가 얼마나 탐스럽게
만발하여 있는가.
떨리는 손으로도 그것을 이울게 할 수 없을 것 같다.
장미는 이제 자기 자신을 거의 지탱할 수가 없다.
많은 꽃이
감당할 수 없이 불어나서
내부 공간으로부터 넘쳐 나와
바깥의 여름 나날로 흘러 들어간다,
그 나날이 점점 충만하여 빗장을 걸어서,
여름 전체가 하나의 방,
꿈속의 방이 될 때까지.

# 봄바람

*Ein Frühlingswind*

이 바람과 함께 운명이 불어온다. 아, 불어오게 하라,
모든 절박한 것, 눈이 먼 것,
우리를 뜨겁게 달아오르게 하는 것 – 모두를.
(그것이 우리를 찾아내도록 잠자코 움직이지 말아라.)
아, 우리들의 운명이 이 바람과 함께 불어온다.

이름 없는 것들을 지닌 채 비틀거리며
이 새로운 바람이 어디선가 바다를 건너
우리 본래의 모습을 싣고 온다.

…그것이 우리 모습이라면, 그러면 마음 편할 것이다.
(하늘이 우리 내부에서 높아졌다가 다시 낮아진다.)
그러나 이 바람과 함께
운명은 되풀이하여 우리를 크게 뛰어넘어 간다.

라이너 마리아 릴케

# 기념비를 세우지 말라
Errichtet keinen Denkstein.

기념비를 세우지 말라.
그저 해마다 그를 위하여 장미꽃을 피게 하라.
왜냐하면 그것은 오르포이스니까. 이것저것 속의
그의 변신인 것이다. 우리는

다른 이름을 애써 찾을 필요가 없다. 노래하는 것이 있으면
그것은 틀림없이 오르포이스다. 그는 왔다가 간다.
때때로 그가 장미꽃보다 이틀이나 사흘쯤 더 견뎌낸다면
그것은 벌써 대단한 것이 아니겠는가.

아 그가 사라져야 한다는 것을 너희는 이해해야 한다.
비록 사라지는 것을 그 자신이 두려워할 때도.
그의 말이 이 지상의 존재를 넘어서면

그는 벌써 저쪽에 있다, 너희들이 따라갈 수 없는 곳에.
칠현금의 격자도 그의 손을 막지는 않는다.
그리고 그는 저쪽으로 넘어가며 순종하고 있다.

# 세계가 어느새

Wandelt sich rasch auch die Welt

세계가 어느새
구름 모습같이 변해가지만
완성된 것은 모두
태고의 것에 귀속한다.

변화와 추이를 넘어
더 멀리, 더 자유로이
너의 노래는 아직도 계속되고 있다,
칠현금을 든 신(神)이여.

고뇌를 알게 된 것도 아니고,
사랑도 배우지 못했다.
죽음 속에서 우리로부터 멀어져 가는 것도

아직 베일에 싸여 있다.
오직 평원의 노래만이
모든 것을 깨끗이 하고 축복한다.

라이너 마리아 릴케

# 아 이것은 존재하지 않는 짐승이다

*O dieses ist das Tier, das es nicht gibt*

아 이것은 존재하지 않는 짐승이다.
사람들은 이것을 몰랐지만, 어떻든 그것을
－그 걸음걸이를, 자세를, 목덜미를,
조용한 눈매의 빛까지도－사랑해왔다.

그것은 아예 존재하지 않았다. 그러나 사람들이 사랑하였으므로
순수한 짐승 하나가 생겨났다. 사람들은 언제나 자리를 남겨두
었다.
　그 밝은, 비워둔 자리에서 그것은 가볍게 머리를 들었다.
이제는 존재할 필요가 거의 없었다.

사람들은 언제나 곡식이 아닌
존재의 가능성만 가지고 그를 길러왔다.
그것이 그 짐승에게 그런 힘을 주게 되어

그의 이마에서 뿔이 나왔다. 하나의 뿔이.
그는 하얀 모습으로 한 처녀에게 다가갔다－
그리하여 은빛 거울 속에 그리고 그녀 속에 존재하고 있었다.

# 장미여
*Rose, du thronende, denen im Altertum*

장미여, 꽃의 여왕이여,
고대에 너는 단순한 꽃잎을 가진 꽃받침이었다.
그러나 우리에게는 수많은 꽃잎을 가진 풍만한 꽃이다,
한량없는 꽃이다.

너의 풍만함이
광채뿐인 육체에 겹겹이 껴입힌 의상같이 보인다.
그러나 너의 꽃잎 하나하나는
모든 의상을 회피하고 거부하는 것이기도 하다.

수 세기 전부터 너의 향기는 우리에게
가장 아름다운 이름들을 불러오고 있다.
갑자기 그것이 명성처럼 공중에 널리 퍼진다.

그러나 그것을 무엇이라 부를지 우리는 모른다, 추측만 할 뿐.
그리고 불러낼 수 있는 시간에서 우리가 얻어낸 추억이
그 향기 속에 녹아든다.

라이너 마리아 릴케

# 눈물 항아리

*Tränenkrüglein*

다른 항아리라면 외벽으로 둘러싸인 빈 뱃속에
술을 담거나 기름을 담는다.
그러나 더 작고, 가장 날씬한 나는
다른 수요를 위하여, 떨어지는 눈물을 위하여 속을 비운다.

술이라면 항아리 속에서 훈감해지고, 기름이라면 맑아지지만
눈물은 어떻게 될까─눈물은 나를 어렵게 하고,
나를 눈멀게 하고, 우묵한 곳을 변색시켰다.
눈물은 나를 무르게 하고, 마지막으로 나를 텅 비게 하였다.

# 내가 과실을 그린 것은
*Daß ich die Früchte beschrieb*

내가 과실을 그린 것은
아마도 네가 딸기밭에
몸을 구부린 적이 있기 때문이다.
그리고 나의 내부에서 꽃이 시들지 않는 것은
아마도 기쁨에 겨워
네가 꽃을 꺾은 적이 있기 때문이다.

나는 알고 있다, 네가 어떻게 달렸는가를.
그러다가 갑자기, 숨을 헐떡이며
너는 돌아서서 나를 기다리고 있었다.
네가 잠자고 있을 때 나는 네 곁에 앉아 있었다.
너의 왼손이
한 송이의 장미처럼 놓여 있었다.

라이너 마리아 릴케

# 장미여, 아 순수한 모순이여

*Rose, oh reiner Widerspruch, Lust*

장미여, 아 순수한 모순이여,
이렇게도 많은 눈꺼풀에 싸여서 누구의 잠도 아닌
기쁨이여.

\* 릴케의 묘비명.

# 테오도어 슈토름

만남 │ 사랑의 품에 안긴 적이 있는 사람은 │ 저녁에 │ 내 눈을 가려라

새파란 나뭇잎 하나 │ 하는 일 없이 │ 오늘, 오늘만은

도시 │ 3월 │ 4월 │ 7월 │ 잠 못 이루는 밤에 │ 중병을 앓고 있을 때

테오도어 슈토름 Theodor Storm, 1817~1888

독일 북부의 후줌에서 태어났다. 40대 후반에 덴마크로부터 독립한 슐레
스비히-홀슈타인주의 주지사를 맡는 등, 비교적 순탄한 생활을 하면서 문학
활동을 계속했는데, 단편소설 「이멘 호수」로 명성을 얻었다. 상당수에 이르
는 그의 소설은 모두가 하나같이 따뜻하고 감미로운 서정이 넘치고, 그의 시
에도 티없이 맑고 섬세한 정감이 은은히 감돈다.

테오도어 슈토름

# 만남

*Begegnung*

너의 얼굴에서 이쁜 미소가 사라졌고,
열병 앓는 것처럼 나는 입술이 떨렸다.
그러나 둘 모두 말이 없었다―우리는 서로 아는 척도 하지 않
았다.
마주 보고 가면서도 그냥 지나치고 말았다.

## 사랑의 품에 안긴 적이 있는 사람은

*Wer je gelebt in Liebesarme*

사랑의 품에 안긴 적이 있는 사람은
영락하여 비참해지는 일이 없다.
먼 낯선 타향에서 홀로 죽더라도
그녀의 입술에 뜨겁게 키스하던
그 행복했던 때가 되살아나서,
그녀를 여전히 자신의 것으로 여기며 숨을 거둔다.

# 저녁에

Abends

레프코예의 향기는 왜 밤에 더 감미로울까.
너의 입술은 왜 밤에 더 붉게 타오를까.
빨갛게 타오른 너의 그 입술에 키스하고 싶은 간절한 바람이
왜 밤에 내 맘속을 다시 헤집어놓았을까.

\* 레프코예(Levkoie) : 남유럽 원산의 관상식물로 꽃은 십자형이며 4, 5월경에 핀
　다.

# 내 눈을 가려라

*Schließe mir die Augen beide*

너의 고운 손으로
내 눈을 가려라!
나의 온갖 슬픔이
사라지리라.
물결이 하나하나 잦아들듯이
어느새 아픔도 스러지리라.
마지막 고동이 울렁이듯이
네가 내 가슴을 채워주리라.

테오도어 슈토름

# 새파란 나뭇잎 하나

Ein grünes Blatt

뜨겁게 타는 여름 산책길,
새파란 나뭇잎 하나 따둔다.
꾀꼬리가 소리 높이 울고,
숲이 초록으로 덮인 이날을
훗날 언젠가 나에게 얘기해 주도록.

# 하는 일 없이

*O süßes Nichtstun*

하는 일 없이 하루하루를 보내는 것이 이렇게도 흡족할 줄이야.
햇볕 바른 산머리에서 사랑하는 여인과 함께 해바라기를 한다.
도시의 늘어선 집들을 함께 내려다보고,
또 아득히 먼 곳을 바라보기도 한다.
하는 일 없이 하루하루를 보내는 것이 이렇게도 흡족할 줄이야.
서로 끌리면서 사랑하는 사람과 함께 상쾌한 향기를 들이마신
다.
봄의 대기에 취해,
반짝반짝 생기 넘치는 평지로 내려온다.
그리하여 아득히 먼 곳으로부터
고향 같은 별로, 너의 눈 속으로 돌아간다.

# 오늘, 오늘만은

*Lied des Harfenmädchens*

오늘, 오늘만은
내가 이리도 예쁜 것을!
내일이면, 아 내일이면
모든 것이 스러져버린다!
지금 이 시각만은 아직도
당신은 나의 것!
죽어야 할, 아 나는
혼자 죽어야 할 운명.

# 도시

*Die Stadt*

회색 바닷가, 회색 바다,
그리고 거기 도시가 있다.
짙은 안개가 지붕들을 짓누르고,
마을 주변에서 정적을 깨뜨리며
바다가 단조롭게 으르렁거린다.

숲은 수런거리지 않고,
5월이 되어도 재잘대는 새 한 마리 없다.
애끓는 소리로 울면서
기러기가 가을밤을 날아갈 뿐이다.
바닷가는 풀잎이 바람에 나부끼고.

그러나 바닷가의 회색 도시여,
너는 한시도 내 맘에서 떠난 적이 없다.
내 젊은 날의 아름다운 꿈은 미소를 지으며
언제까지나 너에게 깃들여 있다.
그 바닷가의 회색 도시여.

테오도어 슈토름

# 3월

*März*

기다리던 3월입니다.
그러나 여태
스노드롭만이 땅을 헤쳐
어렵게 머리를 내밀고 있을 뿐입니다.
산과 들은 아직도 너무너무 춥고,
하얗게 쌓인 눈은
꽁꽁 얼어붙어 있습니다.

# 4월

April

저기서 울고 있는 것은 지빠귑니다.
마음을 흔드는 것은 봄입니다.
상냥한 몸짓으로 아른거리며
땅속에서 정기가 솟아납니다.
덧없이 흘러가는 꿈같은 목숨—
꽃과 같은, 잎과 같은, 수목과도 같은 나의 목숨.

테오도어 슈토름

# 7월

*Juli*

은은히 바람결에 자장가가 울린다.
햇볕은 따뜻이 내리쪼이고,
보리는 무겁게 몸을 굽힌다.
덤불에 익어 얽힌 빠알간 딸기.
온 들은 축복에 가득 차 있어 —
무엇을 생각는가, 어린 아내여.

# 잠 못 이루는 밤에

*Schlaflos*

꿈을 깨면 불안한 가슴.
밤은 깊은데 종다리 노래.

낮은 가고 아침은 멀다.
베갯머리에 쏟아지는 별빛.

끊임없이 들리는 종다리 노래.
아 대낮의 소리. 불안한 가슴.

테오도어 슈토름

# 중병을 앓고 있을 때

*In schwerer Krankheit*

이제 너도 눈을 감아라.
그리고 마음을 갈앉히고, 꿈 같은 것 꾸지도 마라!
등불이 하나하나 모두 꺼지는구나—
이전에 여기 극장이 있었단다.

# 요제프 폰 아이헨도르프

봄밤 | 밤의 꽃

타향에서 | 세상을 등진 사람

**요제프 폰 아이헨도르프** Joseph von Eichendorff, 1788~1857

　귀족의 차남으로 태어났다. 할레와 하이델베르크의 대학에서 법학을 공부했고, 1816년에 프로이센의 관리가 되어 평탄한 일생을 보냈다. 하이델베르크 시절에 후기 낭만파의 시인 루트비히 아르님, 클레멘스 브렌타노 등을 알게 되었다. 아이헨도르프는 독일적인 순수한 서정시인으로 알려져 있는데, 그리움과 방랑과 자연을 노래한, 서정이 넘치는 그의 시는 괴테, 하이네의 그것과 함께 후대에 미친 영향이 엄청나게 크다. 1837년에 직접 편찬한 『시집』이 있다.

요제프 폰 아이헨도르프

# 봄밤

*Frühlingsnacht*

정원 위의 하늘을
철새들이 울면서 날아간다.
어느새 봄기운이 감도는 것이다.
들에는 벌써 꽃이 피기 시작했다.

기뻐서 소리 지르고 싶고, 울고 싶기도 하다.
그러나 마음이 착잡하여 어쩔 바를 모르겠다!
지난날의 좋았던 일들이
달빛을 받아서 되살아난다.

그리고 달과 별이 그렇게 말하고 있다.
꿈꾸는 숲이 살랑살랑 말하고 있고,
꾀꼬리도 지저귀며 그렇게 말하고 있다,
그녀는 네 여자다, 너의 것이다!

# 밤의 꽃

*Die Nachtblume*

밤은 고요한 바다와 같다.
기쁨과 슬픔과
사랑의 탄식이 뒤엉켜서
잔잔한 물결 되어 밀려온다.

소망은 구름과도 같아서
조용한 하늘을 흘러간다.
그것이 생각인지 꿈인지 알고 싶지만,
미지근한 바람이 불어와서, 분간할 수 없다.

가슴을 닫고, 입을 다물더라도
별들에게 호소하고 싶다.
그래도 가슴속 깊이
잔잔하게 물결치는 소리가 아련히 남아있다.

요제프 폰 아이헨도르프

# 타향에서

*In der Fremde*

빨간 번갯불이 번쩍이는 하늘 저쪽
고향에서 구름이 흘러온다.
그러나 부모님은 오래전에 세상을 떠나셨고,
그곳에는 이제 나를 아는 사람이 하나도 없다.
엄숙한 시간이 곧 오게 된다.
그러면 나도 쉬게 될 것이고,
나의 머리 위에서 고독한 숲이 아름답게 살랑거릴 것이다.
그리고 여기서도 나를 아는 사람이 없어질 것이다.

## 세상을 등진 사람

*Der Einsiedler*

오라, 이 세상의 위안이 되는 고요한 밤이여!
너는 너무나 느릿느릿 산에서 내려오는구나.
바람은 모두 잠이 들었다.
다만, 떠돌다가 지친 뱃사람 하나가
항구의 바다를 향해
신(神)을 찬양하는 저녁 노래를 부르고 있을 뿐이다.

세월은 구름처럼 흘러가고,
나는 여기 홀로 서 있다.
세상은 이미 나를 잊어버렸다.
숲이 수런거리는 소리를 들으며,
깊이 생각에 잠겨 여기 앉아 있을 때,
너는 아름답게 나에게 다가왔다.

아, 이 세상의 위안, 고요한 밤이여!
낮에 나는 아주 많이 지쳐버리고 말았다.
넓은 바다는 벌써 어두워졌다.
나를, 아무런 고락도 모른 채 편히 쉬게 해다오,

요제프 폰 아이헨도르프

영원한 아침노을이
고요한 숲을 샅샅이 비출 때까지.

# 게오르크 트라클

저녁녘에 나의 마음은 | 오래된 기념첩에 적어 넣다 | 잠

고향에 돌아오다 | 초저녁 | 가을에 | 여름의 종말 | 어둠 속에서

공원에서 | 몰락 | 밤에 | 늦 가을에서 | 봄에 | 마음의 황혼 | 태양

여름 | 롱델 | 겨울 저녁 | 고독한 자의 가을 | 저녁의 노래 | 몰락

고요와 침묵 | 깊은 곳에서

# 게오르크 트라클 Georg Trakl, 1887~1914

오스트리아의 잘츠부르크에서 태어났고, 제1차 세계대전 때 소집되었다
가 크라카브의 병원에서 사망했다. 28년이 채 안 되는 짧은 생애를 살았지
만, 그는 릴케 이후 독일의 최대 시인이다. 그리고 문학사적으로는 표현주의
를 대표하는 시인이기도 하다. 이것은 그의 작품에 의식적인 문학운동의 요
소가 있어서가 아니라, 그가 독자적인 방법으로 독일 서정시에 새로운 영역
을 개척했기 때문이다.

트라클의 절정을 이루고 있는 시집 『꿈속의 제바스티안』은 병적인 시대의
인간 윤리에 대한 영혼의 반향으로 악, 죄, 몰락, 죽음, 불안, 고독, 우수, 절
망 등의 어두운 세계와 청정무구에의 동경, 운명에의 겸허한 순종 등의 맑은
세계가 혼합되어 독특한 양극성을 보여주고 있다.

따라서 트라클의 시세계를 한마디로 말하기는 어렵다. 그러나 굳이 한마
디로 요약하자면, 트라클의 세계는 깊은 우수에 싸인, 사라져 없어지는 세계
이다. 거기서 울리는 소리는, 표면적으로는 단순하지만, 더없이 순수하고,
그 깊이는 헤아릴 수 없는 무한과 연결되어 있다. 릴케는 트라클의 시를 "오
히려 행간의 침묵으로 이루어져 있다."고 했다.

게오르크 트라클

## 저녁녘에 나의 마음은

*Zu Abend mein Herz*

저녁녘에 박쥐들이 우는 소리가 들린다.
초원에서 가라말 두 마리가 껑충껑충 뛰고 있다.
빨간 단풍나무 가지가 살랑거린다.
걸어가는 길가에 작은 술집이 나타난다.
새 술과 견과류 안주 맛이 기막히게 좋다.
취해서 저무는 숲속을 헤매는 것도 나쁘지 않겠다.
검은 나뭇가지 사이로 가슴 아픈 종소리가 들린다.
얼굴에 이슬방울이 떨어진다.

# 오래된 기념첩에 적어 넣다

*In ein altes Stammbuch*

몇 번이고 몇 번이고 너 멜랑콜리는 되돌아온다.
아 고독한 영혼은 어찌 이렇게도 다정한가.
황금빛 하루가 마침내 그 눈부신 빛을 거두어들인다.

참을성 있는 사람은 순순히 고통을 받아들인다.
그리고 아름다운 화음과 부드러운 망상의 울림 소리에 싸여
있다.
보아라, 벌써 날이 저문다.

다시 밤이 돌아온다. 덧없이 사라질 목숨 하나가 슬픔에 잠기고,
그리고 덧없는 다른 목숨의 고뇌를 함께 아파한다.

가을의 별들 밑에서 몸을 떨며
해마다 점점 더 깊이 머리를 숙이게 된다.

게오르크 트라클

# 잠

*Der Schlaf*

저주받을지어다, 너희들 알 수 없는 독이여.
새하얀 잠!
나무들이 어둑어둑 저물어가는
아주 기묘한 이 정원,
뱀과 나방과
거미와 박쥐들로 가득 차 있다.
이방인이여! 너의 길 잃은 그림자는
새빨간 저녁놀 속에 있고,
불 꺼진 해적선은
슬픔에 잠긴 눈물의 한바다에 떠 있다.
캄캄한 하늘가에서 하얀 새들이 날아오른다,
강철색의,
무너져 내리는 도시들 위로.

# 고향에 돌아오다

Die Heimkehr

암울했던 세월의 쌀쌀함.
아픔과 희망을
거인의 바위가 지금도 지키고 있다.
사람이 살지 않는 산간 지역,
가을의 황금빛 숨결,
저녁 구름—
아, 맑디맑은 이것!

수정 색을 띤 어린 시절이
파란 두 눈으로 이쪽을 바라보고 있다.
어둑어둑한 전나무 밑에서는
사랑과 희망이 바라보고 있다.
그러자 뜨거운 눈꺼풀 사이에서
굳어진 꼴 속으로 이슬방울이 떨어진다—
막을 수가 없다!

아! 저기 황금 다리는
절벽 밑의 눈 속으로

게오르크 트라클

부서져서 떨어지고!
밤에 싸인 골짜기는
싸늘하고 파란 숨을 쉬고 있다.
믿음, 희망!
쓸쓸한 묘지여, 너에게 인사를 보낸다.

# 초저녁

*Der Abend*

달이여, 너는
잠잠한 숲을
불그레한 영웅들의 모습으로 가득 채운다.
초승달이여 −
둘러싸고 있는, 썩어가는 암벽에
사랑하는 두 사람이 이쁘게
포옹하는 모습을,
많은 이름난 시대의 그림자를 비춘다.
그처럼 빛은 푸르스름하게
도시 쪽으로 흐르고 있다.
그곳에는 냉혹하고 사악하게,
썩어가는 일족(一族)이 살고 있으며,
무구한 자손들에게
암담한 미래를 준비하고 있다.
너희들 달빛이 얽힌 그림자는
공허한 수정(水晶) 같은 산속 호수에서
무겁게 한숨을 내쉬고 있다.

게오르크 트라클

# 가을에

*Im Herbst*

울타리를 따라 피어 있는 해바라기는 기색이 환하고,
병을 앓고 있는 사람들은 말없이 햇볕을 쬐고 있다.
밭에서는 힘들여 일하는 여인들이 노래를 부르고 있고,
수도원의 종소리가 들려온다.

새들은 멀리로 떠나는 작별 인사를 하고,
수도원의 종소리가 들려온다.
안마당에서는 부드럽게 바이올린 소리가 들린다.
사람들은 오늘 새 포도를 짠다.

이럴 때 사람들의 모습은 밝고 상냥하다.
사람들은 오늘 새 포도를 짠다.
묘실(墓室)들은 활짝 열려 있고,
햇빛을 받아 아름답게 채색되어 있다.

# 여름의 종말

*Sommersneige*

초록빛 여름이 많이 수그러들었다.
너의 수정 같은 얼굴.
저물어가는 연못가에서 꽃이 많이 죽었다.
깜짝 놀라서 지빠귀가 우는 소리.

목숨의 덧없는 희망.
제비는 벌써 집에서 떠나려 하고 있다.
그리고 해는 언덕 너머로 진다.
밤은 이미 별이 움직이도록 신호를 보내고 있다.

마을들의 고요.
버려진 숲들이 주변에서 소리를 내고 있다.
마음이여, 더욱 사랑하면서 몸을 기울여라.
고이 잠자고 있는 여인에게.

초록빛 여름이 많이 수그러들었다.
그리고 이방인의 발걸음 소리가
은빛 밤을 헤치며 울린다.

게오르크 트라클

푸른 들짐승이 자신의 오솔길을,

그리고 신비에 싸인 세월의 아름다운 소리를 생각해낼 수 있
게!

# 어둠 속에서

*Im Dunkel*

사람의 마음이 푸른 봄을 침묵하게 한다.
저녁녘의 눅눅한 나뭇가지 아래서
연인들의 이마가 떨면서 갈앉았다.

아 초록빛이 되는 십자형. 밝지 않은 대화 속에서
남자와 여자는 서로를 알게 되었다.
퇴락한 담장을 따라
고독한 사람이 그의 별들과 함께 거닐고 있다.

달빛이 비치는 숲길을 지나면서
잊어버린 사냥의 야생의 힘이
쇠약해지고 말았다.
푸른 눈빛이, 무너진 바위 사이에서 나타난다.

게오르크 트라클

## 공원에서

다시 와서 옛 공원을 거닐면,
아, 노란 빨간 꽃들의 고요.
너희들 다정한 신(神)들이여, 너희도 서러워하고 있다.
그리고 느릅나무의 가을다운 황금빛.
푸른 늪 가에 움쩍하지 않고 솟은 갈대,
저녁녘에 지빠귀는 침묵한다.
아, 그러면 너도 고개를 숙여라,
조상의 무너진 대리석상 앞에서.

## 몰락
― 칼 보로메우스 하인리히에게

*Untergang*

하얀 연못 위로
철새들이 지나갔다.
저녁녘, 우리들의 별에서 얼음 같은 바람이 분다.

우리들의 무덤 위로
밤의 깨진 이마가 웅크린다.
참나무 밑에서 우리는 은빛 거룻배에 흔들리고 있다.

도시를 둘러싼 흰 벽은 언제나 소리를 내고 있다.
가시 홍예 밑에서, 아 나의 형제여,
우리들 눈먼 시곗바늘은 자정을 향하여 기어오르는 것이다.

## 밤에

*Nachts*

　내 눈의 파란빛, 내 마음의 적금색(赤金色)은 이 밤에 사라졌
다.
　아, 등불이 너무나 조용히 타고 있었다.
　너의 푸른 망토는 쓰러져가는 이를 감쌌고,
　너의 붉은 입은 친구의 광기를 막았다.

# 늪 가에서

*Am Moor*

검은 바람 속의 방랑자.
고요한 늪에서 시든 갈대가 나직이 소곤거리고 있다.
회색 하늘에 들새들이 한 줄로 줄을 지어 날아간다,
어둑어둑한 호수를 가로질러서.

혼란. 썩어 무너지는 오두막에서
부패가 검은 날개로 날아오른다.
기형으로 생긴 자작나무들이 바람을 맞으며 한숨을 쉰다.

텅 빈 술집의 저녁녘. 무리 지어 풀을 뜯는 가축들의 가벼운 우울증이
집으로 돌아가는 길을 둘러싼다.
밤이 온다―두꺼비가 은빛 물에서 떠오른다.

게오르크 트라클

# 봄에

*Im Frühling*

쌓였던 눈은 어렴풋한 걸음걸이로 조용히 사라져갔다.
나무 그늘에서
연인들은 장미색 눈꺼풀을 치켜든다.

뱃사람들의 어두운 구령에 언제까지나 따르고 있는
별과 밤.
그리고 노 젓는 소리가 박자를 맞추어 나직이 울린다.

무너진 벽 곁에는
얼마 후 제비꽃이 피고,
고독한 사람의 관자놀이가 아주 조용히 푸르러지리라.

## 마음의 황혼

*Geistliche Dämmerring*

조용히 숲 가에 나타나는
한 마리의 검은 들짐승.
언덕 기슭에서 저녁 바람이 고요히 잦아든다.

지빠귀의 통곡이 그치고,
가을의 나긋나긋한 피리 소리는
갈대숲에서 잠잠해진다.

양귀비에 취한 너는
검은 구름을 타고
밤의 늪을,

별하늘을 간다.
언제까지나 누이의 우아한 목소리가 울리는
마음의 밤을 헤치며.

# 태양

Die Sonne

날마다 언덕을 넘어 노란 태양이 온다.
숲, 검은 짐승, 인간은 아름답다―
사냥꾼이든가 목동이.

푸른 늪에서 물고기가 불그스레하게 솟아오른다.
둥근 하늘 아래서
어부가 파란 거룻배를 소리 없이 저어 간다.

천천히 익어가는 포도와 밀.
조용히 날이 기울면
하나의 선과 악이 준비된다.

밤이 되면
나그네는 무거운 눈꺼풀을 살며시 뜬다.
깜깜한 골짜기에서 태양이 나타난다.

# 여름

*Sommer*

저녁녘에
뻐꾸기의 탄식이 숲에서 멎는다.
밀과 빨간 양귀비가
더 깊이 머리를 숙인다.


언덕 위에
새까만 뇌우(雷雨)가 닥쳐온다.
귀뚜라미의 귀에 익은 노래는
들에서 점점 잦아든다.


밤나무의 잎은
움쩍도 하지 않는다.
나선 계단 위에서
너의 옷이 서로 스치며 소리를 낸다.


어두운 방에는
조용히 촛불이 타고 있다.
은빛 손이

게오르크 트라클

그것을 꺼버린다.

바람이 잠든, 별이 없는 밤.

# 롱델

Rondel

대낮의 황금빛은 흘러가 버리고,
저녁녘을 물들이는 갈색과 청색.
양치기의 낫낫한 피리 소리도 멎어버렸다.
저녁녘을 물들이는 청색과 갈색.
대낮의 황금빛은 흘러가 버렸다.

게오르크 트라클

# 겨울 저녁

*Ein Winterabend*

창가에 눈이 내릴 때
저녁 종소리가 길게 울린다.
많은 사람의 식탁이 마련되고,
집은 깔끔하게 정돈되어 있다.

편력(遍歷) 중에 있는 많은 사람이
어둑한 오솔길을 지나서 문 앞에 닿는다.
대지의 서늘한 활력이
은총의 나무에 황금색 꽃을 피운다.

나그네는 가만히 안으로 들어선다.
고통이 문지방을 돌처럼 굳게 했다.
그때 식탁에는 빵과 포도주가
환하고 맑게 빛나고 있다.

# 고독한 자의 가을

*Der Herbst des Einsamen*

가을 기운이 풍성하게 열매로 가득 차서 찾아온다.
아름답던 여름날의 노랗게 변색한 광채.
우그러진 깍지에서 티 없는 퍼렁이 나타난다.
새들의 비상이 옛 전설을 널리 퍼뜨린다.
포도는 압착되고, 온화한 고요에는
거북한 물음에 대답하는 나직한 목소리가 가득하다.

그리고 황폐해진 언덕 여기저기 흩어져 있는 십자가.
단풍 든 숲속에서 한 무리의 가축이 사라진다.
구름은 연못의 수면 위를 건너가고,
농사꾼의 느긋한 표정은 휴식을 취하고 있다.
저녁녘의 푸른 날개가 아주 가벼이
초가지붕을, 검은 대지를 쓰다듬는다.

이윽고 지쳐 있는 남자의 눈썹에 별들이 깃들인다.
시원한 방에 조용히 겸손이 돌아오고,
괴로움이 가시고 있는 연인들의 파란 눈에서
소리 없이 천사가 나타난다. 갈대가 소곤거린다.
앙상한 버들가지에서 꺼멓게 이슬이 떨어질 때,
엄청난 공포가 엄습한다.

게오르크 트라클

# 저녁의 노래

*Abendlied*

저녁때, 어둑어둑한 오솔길을 걸어가면,
우리 앞에, 우리들의 창백한 모습이 나타난다.

목이 마르면,
우리는 연못의 맑은 물을 마신다,
서러운 우리 어린 날의 그 단맛을.

생기를 잃은 우리는 딱총나무 우거진 그늘에서 쉬며,
회색 갈매기가 훨훨 나는 것을 바라본다.

봄날의 구름이 저문 도시 위로 솟아오르고,
도시는 승려들이 전성하던 시대를 말하지 않는다.

내가 너의 가느다란 손을 잡았을 때.
너의 두 눈이 살짝 둥그레졌다.
많은 세월이 흘렀다.

그렇지만 음울한 화음이 마음에 울려오면,
새하얀 여인이여, 너는 친구의 가을 풍경 속에 나타난다.

# 몰락

*Verfall*

저녁녘에, 평온하게 종소리가 울릴 때,
나는 날렵하게 하늘을 날아가는 새들을 따라간다.
그 긴, 경건한 순례들의 행렬은
가을날의 투명한, 끝없이 넓은 하늘에서 사라진다.

저무는 정원에서 이리저리 거닐다가 나오면서
나는 새들의 더욱 밝은 앞길을 생각한다.
그리고 이제는 시침(時針)의 움직임을 거의 느끼지 않는다.
그리하여 나는 구름을 넘어가는 그들을 따라간다.

그때 불어오는 몰락의 숨결이 나를 떨게 한다.
지빠귀는 잎이 떨어진 나뭇가지에서 슬피 울고 있다.
빨간 잎의 포도나무가 녹슨 격자 울타리에서 흔들리고 있다.

한편에서는 창백한 아이들이 추는 죽음의 윤무(輪舞)처럼,
비바람에 상한, 어둑어둑한 샘의 가장자리를 둘러싸고
푸른 과꽃이 바람에 떨며 고개를 숙이고 있다.

게오르크 트라클

## 고요와 침묵

목동들이 헐벗은 숲에서 태양을 매장했다.
어부 한 사람이
털로 만든 그물로 얼어붙은 늪에서 달을 끌어올렸다.

파란 수정(水晶) 속에
창백한 사람이 살고 있다, 자신의 별에 뺨을 대고.
혹은 보라색 잠 속에서 머리를 기울이고 있다.

그렇지만 새들의 검은 비상(飛翔)은 늘
보는 이에게, 파란 꽃들의 성스러운 것에 닿이고,
가까운 고요는 잊어버린 것을, 사라진 천사들을 생각한다.

이마는 달빛 젖은 바위에서 다시 밤에 싸인다.
가을과 검은 부패 속에
눈부신 젊은이의 모습으로 누이가 나타난다.

# 깊은 곳에서

*De Propundis*

그것은 그루터기 밭이다. 검은 비가 내리고 있다.
그것은 갈색 나무. 한 그루만 남아서 서 있다.
그것은 미풍이다. 아무도 없는 오두막을 맴도는—
이 저녁이 어쩌면 이렇게도 서러운지 모르겠다.

부모를 여읜 착한 소녀는 작은 마을 곁을 지나서
듬성듬성 떨어져 있는 이삭을 아직도 주워 모으고 있다.
그녀의 둥그런 금빛 두 눈은 어스름 속에서 분주히 움직이고,
그녀의 품은 근사한 신랑을 기다리고 있다.

집으로 돌아가는 길에
목동들은 아름다운 육체가
가시덤불 속에서 썩어 없어지는 것을 발견했다.

나는 먼 어두운 마을들에게 하나의 그림자다.
나는 작은 숲에 솟아나는 샘에서
신(神)의 침묵을 마셨다.

게오르크 트라클

나의 이마에 차가운 금속이 와 닿는다.
거미들이 나의 마음을 찾고 있다.
그것은 빛. 그것은 나의 입에서 사라진다.

밤에 나는 황무지에 서 있었다.
사방이 쓰레기와 별에서 나온 먼지투성이였다.
개암나무 덤불에서
수정처럼 투명한 천사가 다시 울려 퍼졌다.

# 하인리히 하이네

온갖 꽃이 피어나는 | 흐르는 이 눈물은 | 별들은 저 높은 하늘에서

먼 북쪽의 민둥산 위에 | 나의 커다란 고통으로

어떤 젊은이가 한 처녀를 | 옛날에 그녀가 부르던 노래가

너를 사랑하였고, 지금도 | 사랑하던 두 사람이 | 꿈에

세월은 와서 가고 | 두 사람은 서로 사랑하고 있었다

너는 청초한 꽃과 같이 | 너의 마음이 나에 대한 사랑으로 | 봄이 와서

마음을 스치며 가벼이 | 가녀린 수련꽃이 꿈을 꾸면서

너의 파란 고운 눈으로 | 네가 보낸 편지

눈비음의 키스, 눈비음의 사랑 | 사나운 파도가 | 진정한 나의 청혼을

# 하인리히 하이네 Heinrich Heine, 1797~1856

라인 강변의 뒤셀도르프에서 유대인 부부의 장남으로 태어났다. 본, 괴팅겐, 베를린의 각 대학에서 법률을 공부했으나, 문학에 흥미를 가지게 되었고, 독일 낭만파의 영향을 받아서 시를 쓰기 시작했다.

1827년에 시집 『노래의 책』을 출판하여 일약 서정시인으로 인정을 받게 되었다. 이 『노래의 책』은 독일 서정시의 절대적인 고전으로 남는다. 소위 청년독일파의 수장이었던 그는, 자유사상을 구가하고 혁명적 언사를 일삼았다 하여 1835년에 독일연방 의회에서 국외 추방의 선고를 받았다. 그래서 그는 죽을 때까지 프랑스에 머물게 되었다.

그는 인간적으로는 지극히 모순투성이여서 칭찬과 비방이 반반인데, 서정시인으로서는 괴테와 어깨를 나란히 하는 절대적인 거장이다. 그뿐만 아니라 그의 비평과 신랄한 풍자도 타의 추종을 불허한다. 그의 주요한 시집으로는 앞에서 말한 『노래의 책』 외에 『새 시집』(1844), 『로만체로』(1851) 등이 있는데, 지금도 전 세계에서 애송되고 있는 아름다운 작품이 상당수 포함되어 있다.

하인리히 하이네

# 온갖 꽃이 피어나는

*Im wunderschönen Monat Mai*

온갖 꽃이 피어나는
아름다운 5월에
수줍게 피어난
마음속의 이 사랑.

온갖 새가 노래하는
아름다운 5월에
임을 잡고 하소한
사무친 이 사랑.

# 흐르는 이 눈물은

*Aus meinen Tränen sprießen*

흐르는 이 눈물은
꽃이 되어 피어나고
새어나는 한숨은
노래가 된다.

네가 나를 사랑하면
온갖 꽃을 드릴 것을.
네 집 창에 기대서
노래 불러드릴 것을.

하인리히 하이네

# 별들은 저 높은 하늘에서

*Es stehen unbeweglich*

별들은 저 높은 하늘에서
수천 년이나 움직이지 않고
사랑을 앓으며
서로 마주 보고 있다.

그들은 다양한 아름다운 말로
사뭇 다정히
무어라 이야기를 하는데
어느 언어학자도 그 뜻을 모른다.

그러나 나는 그 말을 배웠다.
그리고 잊지 않는다,
가슴 깊이 사랑하는 그녀의 얼굴이
그 말을 이해하는 문법인 것을.

# 먼 북쪽의 민둥산 위에
*Ein Fichtenbaum steht einsam*

먼 북쪽의 민둥산 위에
한 그루 소나무가 외로이 서 있다.
하얀 눈 얼음에 덮여
조용히 잠들어 있다.

소나무가 꿈꾸고 있는
먼 동쪽 나라의 야자나무도
뜨거운 절벽 위에
서럽게 홀로 서 있다.

하인리히 하이네

# 나의 커다란 고통으로
*Aus meinem großen Schmerzen*

나의 커다란 고통으로
작다란 노래를 만들어낸다.
노래는 날개를 파닥이며
그녀의 가슴으로 날아간다.

노래는 그녀에게 날아갔다가
되돌아와서는 한숨을 쉰다.
한숨을 쉬며 말을 하지 않는다,
그녀의 가슴에서 뭘 보고 왔는지를.

# 어떤 젊은이가 한 처녀를

*Eine Jüngling liebt ein Mädchen*

어떤 젊은이가 한 처녀를 사랑했는데
그 처녀는 다른 남자에게 마음이 있었다.
그러나 그 남자는 다른 처녀를 좋아하여
그녀와 결혼해버렸다.

그 처녀는 분을 못 이겨
이것저것 가리지 않고
우연히 만난 남자와 결혼해버렸다.
처음의 젊은이가 아주 많이 불행해졌다.

이것은 옛날에 있었던 이야기지만
언제든 일어날 수 있는 일이다.
그리고 이런 일이 자신에게 일어나면
누구나 가슴이 둘로 찢어진다.

하인리히 하이네

# 옛날에 그녀가 부르던 노래가
*Hör ich das Liedchen klingen*

옛날에 그녀가 부르던 노래가
들려오면
견딜 수 없는 아픔이 치솟아서
가슴이 터질 것만 같다.

걷잡을 수 없는 그리움에 못 이겨
높은 산에 올라
실컷 울어버리면
넘치는 설움이 눈물 속에 녹는다.

# 너를 사랑하였고, 지금도

*Ich hab dich geliebet*

너를 사랑하였고, 지금도 사랑하고 있다!
세상이 무너져도
산산이 부서진 그 조각에서
나의 사랑의 불꽃은 타오르리라.

하인리히 하이네

# 사랑하던 두 사람이

*Wenn zwei voneinander scheiden*

사랑하던 두 사람이 헤어질 때면
으레
손을 맞잡고 눈물 흘리며
한없이 한숨을 쉰다.

그러나 우리 둘은 울지도 않고,
서러운 한숨도 쉬지 않았다.
하지만 그것이 찾아올 줄은 ―
많은 날이 지나간 지금 비로소.

# 꿈에

*Ich hab im Traum geweinet*

꿈에
네가 죽었다고 나는 울었다.
깨어나서도
두 볼이 눈물에 젖어 있었다.

꿈에
네가 나를 버렸다고 나는 울었다.
깨어나서도
한참 동안 서럽게 울었다.

꿈에
네가 나를 좋아해서 나는 울었다.
깨어나서도
언제까지나 눈물이 멎지 않았다.

하인리히 하이네

# 세월은 와서 가고

*Die Jahre kommen und gehen*

세월은 와서 가고,
사람은 죽어서 무덤으로 간다.
그러나 사랑만은 남아서
내 가슴에 살아 있다.

한 번만이라도 만나고 싶다.
당신 앞에 무릎을 꿇고,
죽기 전에 말하고 싶다.
부인, 당신을 사랑합니다!

# 두 사람은 서로 사랑하고 있었다

*Sie liebten sich beide*

두 사람은 서로 사랑하고 있었다.
그러나 서로가 고백하지 않았다.
가슴이 닳도록 사랑했지만
서로가 오히려 모르는 척했다.

마침내 만날 수도 없게 되었고,
꿈에서나 가끔 만나고 있었다.
그들은 각각 오래전에 죽었지만
서로가 그것을 모르고 있었다.

하인리히 하이네

# 너는 청초한 꽃과 같이

Du bist wie eine Blume

너는 청초한 꽃과 같이
향기롭고도 아름다워라.
너를 바라다보면
깊은 슬픔이 가슴속에 스민다.

두 손을 들어
너의 이마에 얹고
하느님에게 빌고 싶은 마음,
언제나 네가 아름답기를.

## 너의 마음이 나에 대한 사랑으로
*Kind! Es wäre dein Verderben*

너의 마음이 나에 대한 사랑으로
뜨거워지는 일이 없었으면 한다.
그렇게 되면 네가 망가지는 것이고,
그것이 나도 걱정스럽다.

그렇다고 내 말을 곧이듣게 된다면
아무래도 내 마음이 서러워진다.
그래서 문득문득 생각게 된다,
그래도 네가 나를 사랑했으면!

하인리히 하이네

# 봄이 와서

*Gekommen ist der Maie*

봄이 와서
온갖 꽃이 피어나고,
푸른 하늘에는
장밋빛 구름이 흐른다.

잎이 자란 숲에서는
꾀꼬리가 노래하고,
클로버 밭에는
흰 양들이 뛰어논다.

노래할 수도 뛸 수도 없는 나는
불편한 양 풀밭에 드러누워.
먼 곳의 소리에 귀를 기울이며
뭔지도 모르는 꿈을 꾼다.

## 마음을 스치며 가벼이
*Leise ziehe durch mein Gemüt*

마음을 스치며 가벼이
귀여운 소리가 울려 나온다.
울려라, 봄의 노래, 깜찍한 노래.
울려라, 멀리 어디까지나.

울려라, 멀리
꽃이 피는 집까지.
장미를 만나거든 전하여다오,
안녕하시냐고 내가 안부 묻더라고.

하인리히 하이네

# 가녀린 수련꽃이 꿈을 꾸면서
*Der schlanke Wasserlilje*

가녀린 수련꽃이 꿈을 꾸면서
호수 수면에서 고래를 치켜든다.
그때, 가벼운 사랑 병을 앓고 있는 달이
하늘에서 인사를 보낸다.

꽃은 수줍어서 예쁜 머리를
수면으로 다시 숙인다.
발치에
얼굴이 창백한 가엾은 젊은이가 보인다.

## 너의 파란 고운 눈으로

*Mit deinen blauen Augen*

너의 파란 고운 눈으로
나를 바라다보면,
나는 꿈을 꾸는 듯
말도 하지 못한다.

어디 가나 생각나는
너의 파란 고운 눈.
그리운 파란 물결
내 가슴에 밀려든다.

## 네가 보낸 편지

*Der Brief, den du geschrieben*

네가 보낸 편지 잘 받았다.
별로 놀라지 않았어.
사랑하지 않겠다고 했더구나.
그런데도 편지는 이렇게 길다.

열두 장이 비좁은 듯 **빽빽**이 썼더구나!
이렇게 또박또박 고운 글씨로
긴 편지 쓸 사람이 어디 있을까,
헤어지자면서.

## 눈비음의 키스, 눈비음의 사랑
*Seraphine: Schattenküsse, Schattenliebe*


눈비음의 키스, 눈비음의 사랑, 눈비음의 인생,
얼마나 보기 좋은가!
그러나 이 모두가, 어리석은 여인아, 언제까지나
진실인 것으로 통할 것 같은가.

우리가 애지중지 간직하고 있는 것도
꿈이 그렇듯이 사라지고 만다.
우리들의 마음도 잊어버리고,
언젠가는 두 눈도 감고 말 것이다.


\* 세라피네 9

# 사나운 파도가

Seraphine: Es ziehen die brausenden Wellen

사나운 파도가
바닷가로 밀려온다.
높이 치솟아 올랐다가
산산이 모래 위에 부서진다.

산더미 같은 큰 파도가
쉴 사이 없이 밀려온다.
파도가 얼마나 심해질는지 ─
그것이 우리하고 무슨 상관 있는가.

* 세라피네 13

# 진정한 나의 청혼을

Clarisse: Meinen schönsten Liebesantrag

진정한 나의 청혼을
너는 소심스럽게 거절하려 한다.
퇴짜를 놓는 거냐고 물어보면
너는 갑자기 울기만 한다.

하느님! 모처럼의 저의 기도를 들어주소서.
이 아이를 잘 살펴주시고,
애처로운 눈물을 닦아주시고,
아둔한 그 머리를 깨우쳐주소서.

# 헤르만 헤세

두 골짜기에서 | 높은 산 속의 저녁 | 안개 속에서 | 엘리자베트
한 점 구름 | 어머님에게 | 피에솔레 | 흰 구름 | 가을날 | 둘 다 같다
엘리자베트 | 행복 | 꽃, 나무, 새 | 바람 부는 6월의 어느 날 | 책
사랑의 노래 | 파랑 나비 | 9월 | 어딘가에 | 마른 잎

헤르만 헤세 Hermann Hesse, 1877~1962

목사의 아들로 태어났다. 스물두 살 때 첫 시집 『낭만적인 노래』를 자비로 출판했고, 이어서 칼 부세가 편집하는 총서 『새 독일 서정시인』에 그의 『시집』이 포함되면서 신진시인으로 인정받게 되었다. 1904년에 소설 『페터 카멘친트』로 일약 인기 작가가 되었고, 1946년에는 장편소설 『유리구슬 놀이』로 노벨문학상을 받았다. 그의 작품의 바탕이 되고 있는 것은, 유럽 문화의 몰락 의식과, 동양적인 신비에 대한 동경이다. 『나르치스와 골트문트』 등 많은 소설과, 시집 『고독한 사람의 음악』 『밤의 위안』 등이 있다.

헤르만 헤세

# 두 골짜기에서

Aus Zwei Tälern

종이 울린다.
멀리 골짜기에서
새로운 무덤을
알리며.

동시에
다른 골짜기에서
바람에 실려
류트 소리가 들려온다.

방랑하는 나에게는
노래와 만가(輓歌)가
동시에 들리는 게
어울리리라.

이 두 소리를 동시에 듣는 이가
나 말고도 또 있을까.

# 높은 산 속의 저녁
— 어머니에게

*Hochgeburgsabend*

행복한 하루였습니다. 알프스가 빨갛게 타고 있습니다…
이 빛나는 광경을 지금 당신에게 보이고 싶습니다.
말없이 당신과 함께, 이 더없는 기쁨 앞에 가만히 서 있고 싶습
니다.
그런데 당신은 왜 돌아가셨습니까.

골짜기에서 이마에 구름이 낀 밤이 엄숙하게 솟아올라
서서히 절벽과 목장과 묵은눈의 빛을 지워갑니다.
나는 그것을 바라보고 있습니다.
그러나 당신 없이는 시들합니다.

주위는 아득히 어둠과 고요.
나의 마음도 따라 어두워지고 서러워집니다.
지금 나의 곁을 사뿐한 발걸음 소리 같은 것이 지나갑니다.
"얘야, 엄마다. 벌써 나를 몰라보겠니.

밝은 대낮은 혼자서 즐겨라.
그러나 별도 없이 밤이 와

헤르만 헤세

갑갑하고 불안한 너의 영혼이 나를 찾을 땐
언제나 너의 곁에 와 있으마."

## 안개 속에서

*Im Nebel*

안개 속을 거닐면 참으로 이상하다.
덤불과 돌은 모두 외롭고
수목들도 서로가 보이지 않는다.
모두가 다 혼자이다.

나의 생활이 아직도 밝던 때엔
세상은 친구로 가득하였다.
그러나, 지금 안개가 내리니
누구 한 사람 보이지 않는다.

모든 것에서, 어쩔 수 없이
인간을 가만히 격리하는
어둠을 전혀 모르는 사람은
정말 현명하다 할 수가 없다.

안개 속을 거닐면 참으로 이상하다.
살아 있다는 것은 고독하다는 것.
사람들은 서로를 알지 못한다.
모두가 다 혼자이다.

# 엘리자베트

*Elisabeth*

I

당신의 이마에, 입 언저리에, 하얀 손등에
보드랍고 감미로운 봄날이,
플로렌스의 옛 그림에서 본
나긋한 매력이 감돌고 있습니다.

언젠가 옛날에 살았던 당신,
나긋나긋 가냘픈 5월의 모습.
꽃으로 덮인 봄의 여신으로
보티첼리가 그렸습니다.

당신도 또한, 인사 한 번에
젊은 단테의 넋을 앗아간 사람.
그리고 절로, 당신의 발은
낙원에 이르는 길을 알고 있습니다.

Ⅱ

이야기해야만 합니까,
밤이 이미 깊었습니다.
나를 괴롭히렵니까,
아름다운 엘리자베트.

내가 시(詩)로 쓰고
당신이 노래할
나의 사랑의 이야기는
오늘 이 저녁과 당신입니다.

방해하지 마십시오,
운(韻)이 흩어집니다.
머잖아 당신은 듣게 되리다,
들어도 이해 못 할 나의 노래를.

Ⅲ

높은 하늘의
하얀 구름처럼
앨리자베트, 당신은
순결하고 곱고 멀리에 있습니다.

헤르만 헤세

구름은 흘러 헤매는데
당신은 언제나 무심할 따름.
그러나 어두운 깊은 밤중에
구름은 당신 꿈을 스쳐 갑니다.

스쳐 간 구름이 은처럼 빛나기에
그 후론 언제나
하얀 구름에
당신은 감미로운 향수(鄕愁)를 느낍니다.

Ⅳ
이렇게 말해도 좋겠습니까,
당신은 예쁜 내 누이 같다고, 그리고
당신은 내 마음속에서
은은한 행복과 환락의 욕망을 기묘하게 융화시킨다고.

우리는 둘 다
멀리서 온 나그네라고.
우리 둘은 밤이 내리면, 이내
같은 애절한 향수에 괴로워한다고.

# 한 점 구름

Die weiße Wolke

파란 하늘에, 가늘고 하얀
보드랍고 가벼운
구름이 흐른다.
눈을 드리우고 느껴보아라,
하야니 서늘한 저 구름이
너의 푸른 꿈속을 지나는 것을.

헤르만 헤세

# 어머님에게

Meiner Mutter

이야기할 것이 참 많았습니다.
너무나 오랫동안 저는 객지에 있었습니다.
그러나 저를 가장 잘 이해해준 분은
언제나 당신이었습니다.

오래전부터 당신에게 드리려던
나의 최초의 선물을
수줍은 어린아이 손에 쥔 지금
당신은 눈을 감고 말았습니다.

그러나 이것을 읽고 있으면
이상하게도 슬픔이 씻기는 듯합니다.
말할 수 없이 너그러운 당신이, 천 가닥의 실로
저를 둘러싸고 있기 때문입니다.

* 첫 시집에 수록된, 어머니에게 바치는 시.

# 피에솔레

Fiesole

머리 위 푸른 하늘을 떠가는 구름이
고향으로 가라고 한다.

고향으로, 이름 모를 먼 곳으로,
평화와 별의 나라로.

고향이여, 너의 파란 맑은 해안을
아무래도 볼 수가 없단 말인가.

그러나 이곳 남국(南國)의 가까이에
너의 해안이 있을 것만 같구나.

헤르만 헤세

# 흰 구름

*Weiße Wolken*

아, 보라. 잊어버린 아름다운 노래의
나직한 멜로디처럼
구름은 다시
푸른 하늘 멀리 떠간다.

긴 여로(旅路)에서
방랑의 기쁨과 슬픔을 모두
스스로 체험하지 못한 사람은
구름을 이해할 수 없는 법이다.

해나 바다나 바람과 같은
하얀 것, 정처 없는 것들을 나는 사랑한다,
고향이 없는 사람에게는
그것이 누이들이며 천사이기 때문에.

# 가을날

*Herbsttag*

숲 언저리는 금빛으로 타고 있다.
아리따운 그녀와 여러 번
나란히 함께 걷던 이 길을
나는 지금 혼자서 걸어간다.

이런 화창한 나날에는
오랫동안 품고 있던 행복과 고뇌가
향기 짙은 먼 풍경 속으로
아득히 녹아 들어간다.

풀을 태우는 연기 속에서
농부의 아이들이 껑충거린다.
나도 그 아이들처럼
노래를 시작한다.

헤르만 헤세

# 둘 다 같다

*Beides gilt mir einerlei*

젊은 날에는 하루같이
쾌락을 좇아다녔다.
그 후에는 몹시 우울해서
괴로움과 쓰라림에 잠겨 있었다.

지금 나에겐 쾌락과 쓰라림이
형제가 되어 배어 있다.
기쁘게 하든 슬프게 하든
둘은 하나가 되어 있다.

하느님이 나를 지옥으로든
태양의 하늘로든 인도한다면
나에게는 둘 다 같은 곳이다,
하느님의 손을 느낄 수만 있다면.

# 엘리자베트

*Elisabeth*

나는 이제 마음 차분할 수 없다.
다가올 나날을 그리움 속에
네 모습을 안고 있어야 한다.
참으로 나는 너의 것이다.

너의 눈매는 내 마음속에
예감에 가득 찬 빛을 지폈다. 하여
언제나 그것이 내게 이른다,
나는 너의 단 한 사람임을.

그러나 지극한 나의 사랑을
순결한 너는 조금도 모르고, 내가 없이도
기쁨 속에서 활짝 피어
드높이 별처럼 거닐어 간다.

헤르만 헤세

# 행복

*Glück*

행복을 추구하고 있는 한
행복할 만큼 성숙해 있지 않다.
가장 사랑하는 것들이 모두 네 것일지라도.

잃어버린 것을 애석해하고
목표를 가지고 초조해하는 한
평화가 어떤 것인지 너는 모른다.

모든 소망을 단념하고
목표와 욕망도 잊어버리고
행복을 입 밖에 내지 않을 때,

행위의 물결이 네 마음에 닿지 않고
너의 영혼은 비로소 쉬게 된다.

# 꽃, 나무, 새

Blume, Baum, Vogel

공허 속에서 혼자
외롭게 타오르는 마음이여.
고통의 검은 꽃이
심연에서 너를 맞는다.

고뇌의 높은 나무가
가지를 편다.
그 가지에서
영원의 새가 노래한다.

고통의 꽃은 묵중하여
말이 없다.
나무는 자라 구름 속에 닿고
새는 하염없이 노래한다.

헤르만 헤세

# 바람 부는 6월의 어느 날

*Windiger Tag im Juni*

호수는 유리처럼 굳어 있다.
가파른 언덕 비탈에
가는 풀잎이 은빛으로 나부낀다.

애처롭게 죽음의 공포 같은 비명을 지르며
물떼새 한 마리가
급작스런 곡선으로 하늘에서 비틀댄다.

건너 둑에선 낫 소리와
그리움 같은 향기가 날려 온다.

# 책

Bücher

이 세상의 어떠한 책도
너에게 행복을 주지는 못한다.
그러나 살며시 너를
너 자신 속으로 돌아가게 한다.

네가 필요한 모든 것은 너 자신 속에 있다,
해와 별과 달이.
네가 찾던 빛은
너 자신 속에 있기 때문에.

오랜 세월을 네가
갖가지 책에서 찾던 지혜가
책장 하나하나에서 지금 빛을 띤다,
이제는 지혜가 네 것이기 때문에.

헤르만 헤세

# 사랑의 노래

*Liebeslied*

나는 사슴이고 당신은 노루,
당신은 작은 새, 나는 수목,
당신은 햇살이고 나는 눈,
당신은 대낮이며 나는 꿈.

밤에 잠든 나의 입에서
황금 새가 당신에게 날아갑니다.
티 없이 맑은 소리, 눈부신 날개.
새는 당신에게 노래합니다.
사랑의 노래를, 나의 노래를.

# 파랑 나비

*Blauer Schmetterling*

작은 파랑 나비 한 마리
바람에 실려 날아간다.
자개구름 색깔의 소나기처럼
반짝거리며 사라져간다.
이처럼 순간적인 반짝임으로,
이처럼 스쳐 가는 바람결에,
행복이 반짝반짝 눈짓을 하며
사라져가는 것을 나는 보았다.

# 9월

*September*

정원이 서러워한다.
차갑게 꽃송이 속으로 빗방울이 떨어진다.
종말을 향하여
여름이 가만가만 몸을 움츠린다.

높은 아까시나무에서 이파리가
금빛으로 방울져 하나하나 떨어진다.
죽어가는 정원의 꿈속에서, 여름은
놀라고 지쳐 미소를 짓는다.

아직도 여름은
장미 곁에서 한참을 머물며 안식을 바란다.
그러다가 커다란 지쳐버린 눈을
천천히, 천천히 내리감는다.

# 어딘가에

*Irgendwo*

무거운 짐에 허덕이며
뜨거운 삶의 푸서리를 헤매지만,
잊어버린 어딘가에
서늘하게 그늘진 꽃 핀 정원이 있다.

꿈속의 먼 어딘가에
나를 기다리는 안식처가 있다.
영혼이 다시 고향을 가지고,
졸음과 밤과 별이 기다리는.

헤르만 헤세

# 마른 잎

*Welkes Blatt*

꽃은 모두 열매가 되려 하고
아침은 모두 저녁이 되려 한다.
이 지상에 영원한 것은 없다.
변화와 세월의 흐름이 있을 뿐.

아름다운 여름도 언젠가는
가을과 조락을 느끼려 한다.
잎이여, 끈기 있게 조용히 참아라,
불어오는 바람이 유혹하려 할 때.

너의 놀이를 놀기만 하고
거스르지 말고 가만히 두라.
너를 꺾어 가는 바람에 실려
너의 집으로 날리어가라.